AutoCAD 2011 实用教程

张安健　主编

石文旭　张珑严　雷昌玉　参编

电子工业出版社·

Publishing House of Electronics Industry

北京·BEIJING

内 容 简 介

AutoCAD 2011 是美国 AutoDesk 公司开发的一种功能强大的绘图软件，也是最流行的计算机绘图软件中之一。它广泛应用于建筑、机械、家居、化工、服装等多种领域。

本书系统讲解了 AutoCAD 2011 在二维和三维绘图中的应用。通过对本书中基础知识的学习和实例的临摹操作，使读者可轻而易举掌握 AutoCAD 2011 的应用。

本书既可作为中等职业技术学校计算机相关专业的教材，也可供电脑培训班及其他 AutoCAD 初学者使用。

本书还配有电子教学参考资料包，详见前言。

图书在版编目（CIP）数据

AutoCAD 2011 实用教程 / 张安健主编. 一北京：电子工业出版社，2011.6
中等职业学校教学用书
ISBN 978-7-121-13658-0

Ⅰ．①A… Ⅱ．①张… Ⅲ．①AutoCAD 软件－中等专业学校－教材 Ⅳ．①TP391.72

中国版本图书馆 CIP 数据核字（2011）第 100303 号

策划编辑：关雅莉
责任编辑：白　楠
印　　刷：北京市顺义兴华印刷厂
装　　订：三河市双峰印刷装订有限公司
出版发行：电子工业出版社
　　　　　北京市海淀区万寿路 173 信箱　邮编：100036
开　　本：787×1 092　1/16　印张：14.75　字数：377.6 千字
印　　次：2011 年 6 月第 1 次印刷
印　　数：3 000 册　定价：28.00 元

前　言

美国 Autodesk 公司开发的 AutoCAD 绘图软件，是世界上使用最为广泛的绘图软件之一。自 1982 年面世以来，经过多次技术创新，现在已经升级到 2011 版。其丰富的绘图功能、强大的编辑功能和良好的用户界面广受工程技术人员的欢迎。AutoCAD 的用户遍及全世界 150 多个国家和地区，在我国也得到广泛应用。AutoCAD2011 是在 2010 年推出的，它具有直观的全中文界面，完整的二维绘图、编辑功能和强大的三维造型功能，可通过 Internet 进行异地协同设计；特别是直接支持中国的制图标准（长仿宋体汉字、国标样板图等），给我国广大用户提供了极大方便。

全书分为 8 章，第 1 章入门篇主要介绍 AutoCAD 的主要功能、工作界面以及图形文件的基本操作；第 2 章主要介绍绘图前的准备工作，如图形单位、图层的设置等；第 3 章主要介绍基本二维图形的绘制与编辑；第 4 章主要介绍文字的输入与修改；第 5 章主要介绍图块的创建和插入等；第 6 章主要介绍图形尺寸的标注；第 7 章主要介绍基本三维实体的绘制和编辑；第 8 章主要介绍图形的缩放、平移及打印。

本书针对中等职业技术学校的培养目标和学生特点，在内容取舍上不求面面俱到，但强调实用、必要；在内容编排上注重避繁就简、突出可操作性；在说明方法和实例讲解上尽量做到简单明了、通俗易懂并侧重于实际应用，对主要命令给出了命令提示、选项说明及适当的操作实例。书中的操作实例给出了具体的操作步骤，学生按照书中的步骤操作，即可顺利地画出图形，最重要的是这些具有代表性的操作实例可以让学生举一反三。在每一章的后面都有习题，以帮助学生加深对所学内容的理解和掌握。

本书由张安健主编，石文旭编写了其中的第 5 章和第 6 章，张珑严、雷昌玉也参与了部分内容的编写工作。

与本教材相配套的练习册《AutoCAD 2011 上机指导与练习》，可一并选用。

由于编者水平有限，书中若有不当之处，请使用本书的老师、同学及社会各界朋友批评指正。我们的 E-mail 地址为：hlzaj2@163.com。

为了提高学习效率和教学效果，方便教师教学，本书还配有教学指南、电子教案和习题答案。请有此需要的读者登录华信教育资源网（http://www.hxedu.com.cn）免费注册后进行下载，有问题时请在网站留言板留言或与电子工业出版社联系（E-mail:hxedu@phei.com.cn）。

编　者
2011 年 4 月

目　　录

第1章 入门篇

    CAD 是 Computer Aided Design 的缩写，即计算机辅助设计。美国 Autodesk 公司的 AutoCAD 是目前广泛应用的 CAD 软件。Autodesk 公司于二十世纪八十年代初为在微机上应用 CAD 技术而开发了绘图程序软件包 AutoCAD，经过不断完善，现已成为国际上广为流行的绘图工具。它具有完善的图形绘制功能、强大的图形编辑功能、可采用多种方式进行二次开发或用户定制、可进行多种图形格式的转换，具有较强的数据交换能力，同时支持多种硬件设备和操作平台。AutoCAD 可以绘制任意二维和三维图形，并且同传统的手工绘图相比，用 AutoCAD 绘图速度更快、精度更高，它已经在航空航天、造船、建筑、机械、电子、化工、美工、轻纺等很多领域得到了广泛应用，并取得了丰硕的成果和巨大的经济效益。

    20 几年来，Autodesk 公司始终致力于帮助客户提高设计流程效率。AutoCAD 是业界领先的设计和文档编制软件解决方案之一，当今世界上使用该软件的人数多达数百万。从强大的三维自由形状设计工具到绘图和文档编制功能，AutoCAD 仍将继续领导和推动设计创新。

    下图是一个直角三角形，从图中可以看出，在绘制该图形中用得最多的就是直线、线性标注、角度标注、对齐标注和坐标等，这些都是在 AutoCAD 绘图中最常用的，因此，一定要掌握它们的应用。

    此图形的绘制请参见配套练习册中的第 2 章，尺寸标注请参见第 6 章。

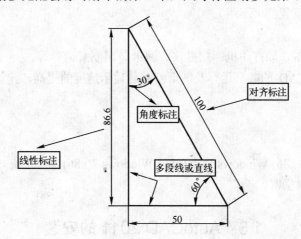

本章知识点

本章将重点介绍 AutoCAD 2011 版软件的系统要求、安装、功能、工作空间及界面组成、图形文件的基本操作等。通过本章的学习，使读者了解该软件的基本知识，为日后的学习打下坚实的基础。

1.1 AutoCAD 功能简介

① 具有完善的图形绘制功能。
② 有强大的图形编辑功能。
③ 可以采用多种方式进行二次开发或用户定制。
④ 可以进行多种图形格式的转换，具有较强的数据交换能力。
⑤ 支持多种硬件设备。
⑥ 支持多种操作平台。
⑦ 具有通用性、易用性，适用于各类用户。

从 AutoCAD 2000 开始，该软件又增添了许多强大的功能，如 AutoCAD 设计中心（ADC）、多文档设计环境（MDE）、Internet 驱动、新的对象捕捉功能、增强的标注功能以及局部打开和局部加载的功能，从而使 AutoCAD 更加完善。

1.2 安装 AutoCAD 2011 的系统要求

1.2.1 硬件配置

① P4 1.7GHz 或更高主频的 CPU。
② 最低 256MB 内存或更高。
③ 硬盘最低 500MB 的剩余空间。
④ 具有真彩色的 1024×768 或更高分辨率的 VGA 显示器。
⑤ 光驱（网上下载的可不用）。
⑥ 鼠标和键盘。
⑦ 其他可选设备，如打印机、扫描仪、网卡、调制解调器等。

为了保证 AutoCAD 的顺利运行及图形绘制与显示速度的提高，建议采用更高的配置，以提高工作效率。

1.2.2 软件环境

① Windows XP(x86)/Windows Vista(x86)/Windows 7(x86)操作系统。
② IE 6.0 以上浏览器。

1.3 AutoCAD 2011 的安装

AutoCAD 2011 的安装与其他应用软件的安装相似，用户只需根据显示屏上的提示操作即可。如果我们使用的是绿色软件，安装起来会非常简单；使用的不是绿色软件，则安装完后运行程序时需要注册才可使用。具体安装步骤请参见练习册第 1 章。

当用户正确地安装了 AutoCAD 2011 后，在计算机桌面上会自动产生一个 AutoCAD 2011 程序启动图标，如图 1.1 所示。

图 1.1 AutoCAD 2011 程序启动图标

1.4 启动与退出 AutoCAD 2011

1.4.1 AutoCAD 2011 的启动

启动 AutoCAD 2011 的方法很多，下面介绍 3 种常用的启动方法。
① 在桌面上双击如图 1.1 所示的程序启动图标。
② 单击"开始按钮/程序/Autodesk/AutoCAD 2011-Simplified Chinese/AutoCAD 2011"。
③ 在安装目录运行文件名为 ACAD.EXE 的文件。

1.4.2 AutoCAD 2011 的退出

要退出 AutoCAD 2011，可以使用以下 2 种常用的方法。
① 单击窗口右上角的关闭按钮 ✕。
② 单击"文件/退出"（Ctrl+Q）。

1.5 AutoCAD 2011 的工作空间和界面组成

在 AutoCAD 2011 中根据工作空间的不同，所组成的用户界面也有所不同，用户可以根据自己的需要选择合适的工作空间。

1.5.1 工作空间

在 AutoCAD 2011 中为用户提供了 4 种工作空间，即"二维草图与注释"、"三维基础"、"三维建模"、"AutoCAD 经典"。
切换工作空间的 2 种方法如下。
① 菜单："工具/工作空间"（如图 1.2 所示）。

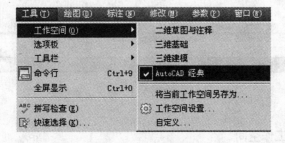

图 1.2 切换工作空间（菜单方式）

② 工具栏：单击"工作空间"工具栏中的下拉三角形图标（如图1.3所示）。

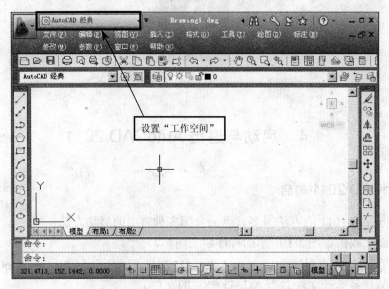

图1.3 切换工作空间（工具栏方式）

1."二维草图与注释"工作空间

"二维草图与注释"工作空间的界面设置包括功能区的标题栏、各种选项卡、面板、菜单浏览器按钮、绘图窗口、命令行、状态栏等。其中选项卡包括"常用"、"插入"、"注释"、"参数化"、"视图"、"管理"和"输出"；面板包括"绘图"、"修改"、"注释"、"图层"、"特性"和"实用程序"等，便于用户查找相关命令，如图1.4所示。

图1.4 "二维草图与注释"工作空间

2."三维建模"工作空间

"三维建模"工作空间用于三维图形的绘制，此工作空间主要包括功能区中的标题栏、各种选项卡、面板、菜单浏览器按钮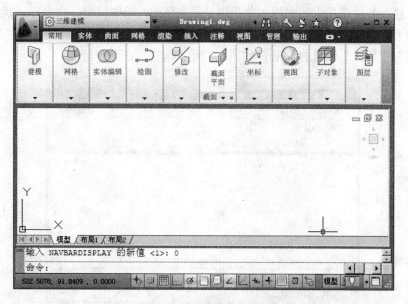、绘图窗口、命令行、状态栏等。其中选项卡包括"常用"、"实体"、"曲面"、"网格"、"渲染"、和"插入"等；面板包括"建模"、"网格"、"实体编辑"、"绘图"、"修改"、"视图"、"坐标"、"图层"、"子对象"等，如图 1.5 所示。

图 1.5 "三维建模"工作空间

3．"AutoCAD 经典"工作空间

此工作空间模式与以前版本相同，其中的界面设置包括标题栏、菜单浏览器按钮、菜单栏、工具栏、绘图窗口、命令行、布局选项卡、状态栏以及工具选项板等，其特点是命令的使用直观、方便，如图 1.6 所示。各部分名称请参见图 1.9。

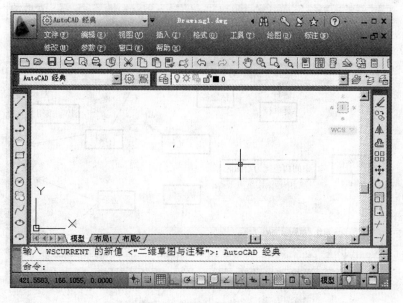

图 1.6 "AutoCAD 经典"工作空间

4. "三维基础"工作空间

"三维基础"工作空间用于三维基本实体图形的绘制，此空间的界面设置主要包括功能区中的标题栏、各种选项卡、面板、菜单浏览器按钮、绘图窗口、命令行、状态栏等。其中选项卡包括"常用"、"渲染"、"插入"、"管理"、和"输出"；面板包括"建模"、"绘图"、"编辑"、"修改"、"选择"等，如图 1.7 所示。

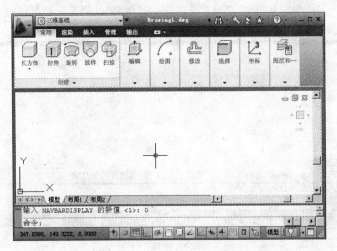

图 1.7 "三维基础"工作空间

1.5.2 工作空间的界面组成

在 AutoCAD 2011 中，以"AutoCAD 经典"工作空间为例，工作空间的界面组成如图 1.8 所示。

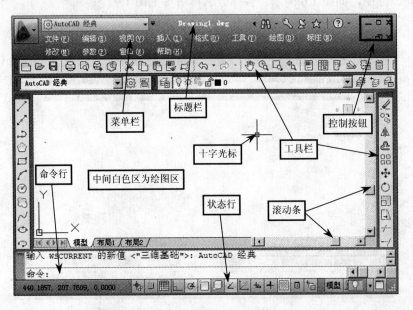

图 1.8 "AutoCAD 经典"空间的界面组成

1.6　菜　单　操　作

在 AutoCAD 中完成某一任务时使用工具按钮比较方便快捷，但在某些时候，工具栏中没有的功能就可以通过在菜单里面执行相应的菜单命令来完成。例如在工具栏中没有"多线"和"圆环"命令，而在"绘图"菜单中才有此命令。在菜单中，一般包括普通菜单、联级菜单和对话框菜单 3 种，如图 1.9 所示。

（1）普通菜单项：如图 1.9 中的"多线"和"矩形"等，菜单项旁无任何标记，单击该菜单项就可执行相应的命令。

（2）联级菜单：如图 1.9 中的"圆"和"圆弧"等，在它们的后边有一个黑色的小三角形，表示该菜单项中还包含其他的菜单选项，单击该菜单项会弹出下一级菜单，称之为联级菜单。

（3）对话框菜单：如图 1.9 中的"表格"和"图案填充"等，在它们的后边带有"…"，表示单击该菜单项会弹出一个对话框，用户可以通过对话框进行相应的操作。

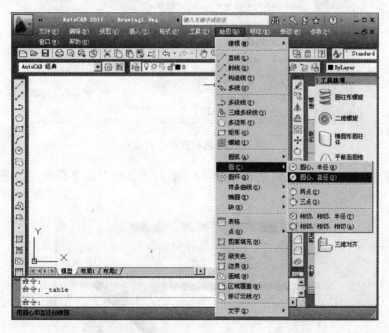

图 1.9　菜单

1.7　图形文件的基本操作

图形文件的基本操作主要包括打开图形文件、新建图形文件、保存已有图形等，掌握这此基本操作便于用户保存、修改和编辑文件。

1.7.1　新建图形文件

在启动 AutoCAD 2011 时，系统将自动创建一个默认文件名为"Drawing1.dwg"的文件，用户可根据具体情况自行创建。

用户可以通过以下 3 种方法来启用新建图形文件命令。

① 命令：NEW

② 菜单：单击"文件/新建"

③ 工具栏：单击 按钮

用户可以在命令行中执行 STARTUP 命令，通过输入不同的系统变量值，使用户可以根据自己的需要使用"样板"或"向导"方式创建图形文件。

（1）AutoCAD 2011 中，当系统变量 STARTUP 的值为 0 时，执行"新建"命令后弹出如图 1.10 所示的"选择样板"对话框，用户在此选择需要的样板即可。

图 1.10 "选择样板"对话框

（2）当系统变量 STARTUP 的值为 1 时，执行"新建"命令会弹出如图 1.11 所示的"创建新图形"对话框。

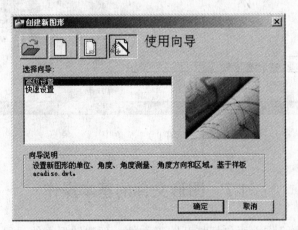

图 1.11 "创建新图形"对话框

（3）在此对话框中，第一个按钮为"打开图形"，第二个为"从草图开始"，第三个为"使用样板"，第四个为"使用向导"，这里选取"使用向导"并单击"确定"按钮，会弹出如图 1.12 所示的"高级设置"对话框。

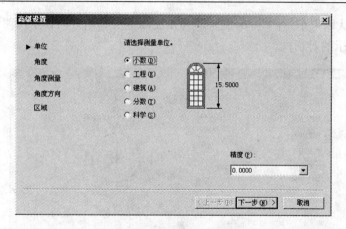

图 1.12 "高级设置"对话框

（4）在此可以选择测量单位的类型和单位精度，单击"下一步"按钮会出现如图 1.13 所示的对话框。

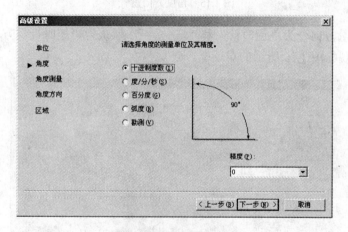

图 1.13 角度单位设置

（5）用户在此可以设置角度类型和角度精度，单击"下一步"按钮，会出现如图 1.14 所示的对话框。

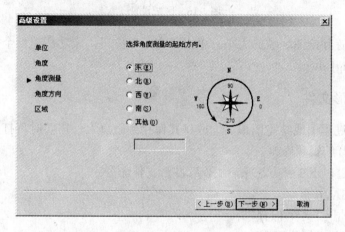

图 1.14 角度测量设置

（6）系统默认以正东方向为 0 度，即为角度测量的起始方向。单击"下一步"按钮会出现如图 1.15 所示的对话框。

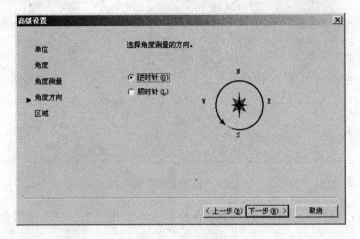

图 1.15　角度方向设置

（7）角度测量方向分为"逆时针"和"顺时针"，默认为"逆时针"方向。单击"下一步"按钮，会出现如图 1.16 所示的对话框。

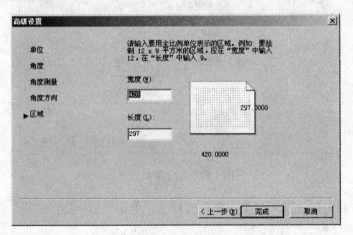

图 1.16　区域设置

（8）在此设置好绘图区域的大小，单击"完成"按钮，成功新建一个空白文件，默认文件名为 Drawing1.dwg。

1.7.2　保存图形文件

用户在绘图过程中或绘完图形后，应将其保存到磁盘上，需要时再打开，并将其载入绘图区中继续进行编辑和修改。

用户可以通过以下 3 种方法来启用保存图形文件命令。

① 命令：_SAVE

② 菜单：单击"文件/保存"

③ 工具栏：单击🖫按钮

用户执行"保存"命令后弹出如图 1.17 所示的"图形另存为"对话框,用户在此选择保存路径并确定文件名即可。

 注意

对已经保存过的图形文件,如果需要更名或更改目录再次进行保存,可以使用"文件"菜单中的"另存为"命令(CTRL+SHIFT+S)。"保存"命令的组合键为 CTRL+S,对保存过的图形再次执行保存,不会弹出"保存"对话框,自动以原名原路径保存。

图 1.17 "图形另存为"对话框

1.7.3 图形文件的密码保护

图形文件的密码保护就是为图形文件加密,防止别人打开并修改你的图形。只需在"图形另存为"对话框中选择"工具/安全选项",在弹出的对话框中输入密码即可,如图 1.18 所示。

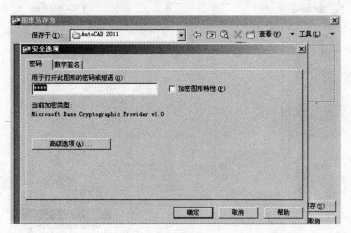

图 1.18 密码保护

1.7.4 打开图形文件

用户在绘图和编辑过程中，有时需要打开某个图形文件进行编辑或修改，这时需要使用"打开"命令。

用户可以通过以下 3 种方法来启用打开图形文件命令。

① 命令：OPEN

② 菜单：单击"文件/打开"（CTRL+O）

③ 工具栏：单击 ☞ 按钮

用户执行"打开"命令后弹出如图 1.19 所示的"选择文件"对话框，用户在此选择需要打开的文件单击"打开"按钮即可。

图 1.19 "打开文件"对话框

当用户单击"打开"按钮右侧的 ▼ 按钮，将弹出下拉菜单，如图 1.20 所示，为用户提供了 4 种打开方式。

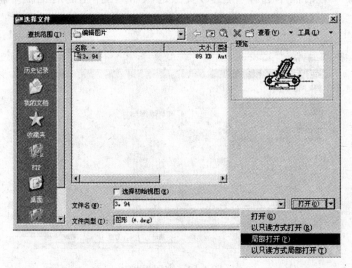

图 1.20 打开方式

① 打开：打开存在的图形文件。
② 以只读方式打开：打开方式为只读形式。
③ 局部打开：打开已有图形文件的局部区域。
④ 以只读方式局部打开：以只读的方式打开图形的局部区域。

1.8　命令的重复、撤销、重做

1.8.1　命令的重复

用户在 AutoCAD 的绘图和编辑过程中，有时需要重复使用上一次使用过的命令，称为命令的重复。

重复执行上次的命令的方法是：

在绘图区空白处单击鼠标右键，在弹出的快捷菜单中选择"重复××"。例如上次使用的是"多线"命令，在快捷菜单中就选第一个"重复多线"即可再次画多线。

1.8.2　命令的撤销

在 AutoCAD 的绘图和编辑过程中，有时需要撤销某一次或某几次命令操作，称之为命令的撤销。

用户可以通过以下 3 种方法来撤销命令。
① 命令：UNDO（U）
② 菜单：单击"编辑/放弃"（CTRL+Z）
③ 工具栏：单击 ↶ 按钮

> **注意**
>
> 　U 并不是 UNDO 的缩写，U 命令只能取消上一次操作，而 UNDO 命令可以放弃上几次命令操作。

1.8.3　命令的重做

重做是用来重做刚用 U 或 UNDO 命令所放弃的命令的操作。

用户可以通过以下 3 种方法来重做命令。
① 命令：REDO
② 菜单：单击"编辑/重做"（CTRL+Y）
③ 工具栏：单击 ↷ 按钮

1.9　使用动态输入功能

通过单击状态栏中的 ⬚ 按钮可以打开或关闭动态输入。启用动态输入后，在执行绘图和编辑操作时，将在光标附近显示光标所在位置的坐标、长度和角度等提示信息，并且这些信息会随着光标的移动而自动动态更新。

当使用 LINE 命令绘制直线时，在确定起点后移动光标时，将在光标附近显示光标所在位置的尺寸标注，如图 1.21 左图所示。在单击选中某个对象后，将光标移至夹点，也将显示夹点的尺寸标注，如图 1.21 中图所示。此外，如果编辑图形时光标位于极轴，还将显示光标所在位置的相对极坐标，如图1.21 右图所示。

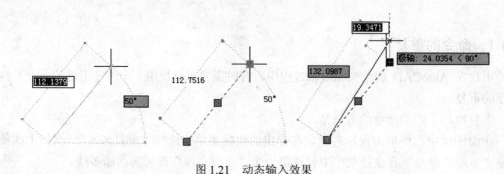

图 1.21   动态输入效果

1.9.1   指针输入与标注输入

动态输入包括指针输入和标注输入。启用指针输入时，十字光标的坐标值（默认为相对极坐标，但可以改变，相关操作见 1.9.2 小节）将显示在光标旁边，如图 1.22 所示。

 注意

图 1.22 为关闭标注输入后的显示效果。默认情况下，标注输入被打开，故只显示标注内容（实际上就是相对极坐标），如图 1.21 左图所示。指针输入与极轴追踪不同，它只显示光标所在位置的相对极坐标，而没有显示追踪线。

图 1.22   指针输入

启用标注输入时，在创建和编辑几可图形时可以显示标注信息，如图 1.21 所示。

1.9.2   设置动态输入效果

使用动态输入时，还可根据需要设置动态输入效果。例如绘制和编辑图形时显示光标的绝对直角坐标、显示更多的标注信息等。

要设置动态输入效果，可在"草图设置"对话框中打开"动态输入"选项卡，然后对指针输入和标注输入进行设置，如图 1.23 所示。

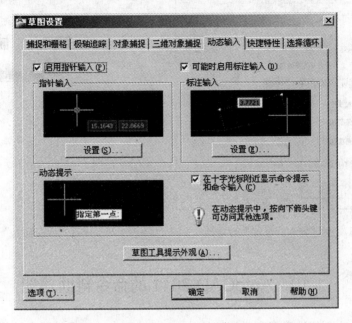

图 1.23 "动态输入"选项卡

在"指针输入"设置区单击 设置(S)... 按钮，将打开图 1.24 所示的"指针输入设置"对话框，利用该对话框可设置坐标格式，以及何时显示指针输入信息。

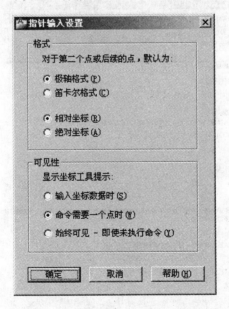

图 1.24 "指针输入设置"对话框

要设置标注输入提示，可在"标注输入"设置区单击 设置(S)... 按钮，打开"标注输入的设置"对话框。例如，如果希望在编辑图形时显示更多的信息，可以在该对话框中选择 同时显示以下这些标注输入字段(F)，如图 1.25 所示。

图 1.26 中显示了修改标注输入后，移动夹点时的动态输入信息。

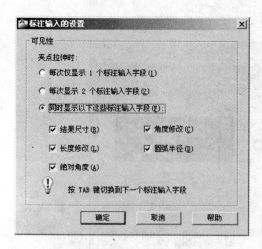

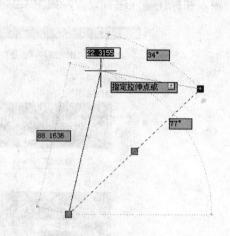

<table>
图 1.25　"标注输入的设置"对话框　　　　图 1.26　设置"标注输入"后的动态输入信息
</table>

图 1.25　"标注输入的设置"对话框　　　　图 1.26　设置"标注输入"后的动态输入信息

1.10　AutoCAD 2011 的命令帮助功能

为了方便用户更好地学习和掌握该软件，AutoCAD 2011 提供了人性化的帮助功能。这里以"正多边形"为例来查找它的帮助信息，将光标放置于正多边形图标上再按 F1 键，会弹出如图 1.27 所示的正多边形帮助信息。

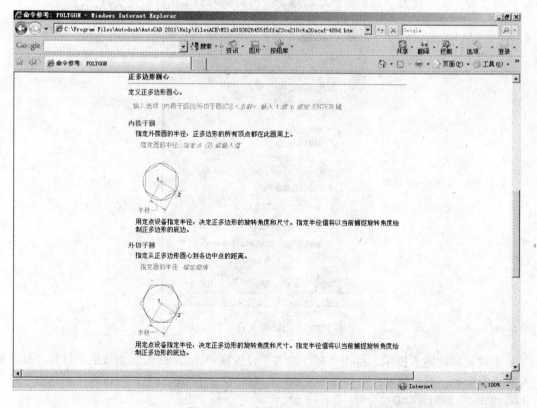

图 1.27　"正多边形"帮助信息

1.11 小 结

通过本章各知识点的学习，读者应当掌握 AutoCAD 2011 的运行环境、功能、工作空间及界面组成等基本知识，为以后的学习打下基础。

1.12 习 题

1.12.1 填空题

1．退出 AutoCAD 2011 的组合键是（　　　　）。

2．在 AutoCAD 2011 中，工作空间包括（　　　　）、（　　　　）、（　　　　）、（　　　　）。

3．新建图形文件的组合键是（　　　　）。

4．命令重做的组合键是（　　　　）。

5．动态输入设置主要包括（　　　　）和（　　　　）。

1.12.2 问答题

1．简述各种工作空间的界面组成。

2．AutoCAD 2011 的软件运行环境是什么？

3．怎样为.DWG 文件设置密码？

1.12.3 操作题

1．试着在动态输入中设置"指针输入"和"标注输入"，并看有什么不同。

2．自己在计算机中安装 AutoCAD 2011 软件。

第2章 绘图准备

下图是一个机械零件图，从图中可以看出，在该图形中用得最多的就是圆、直线、修剪等相关命令，这些命令在 AutoCAD 绘图中是最常用的绘图命令和修改命令，因此，要掌握这些命令的使用。

此图形的绘制请参见配套练习册中第 3 章。

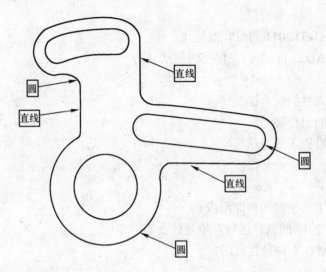

本章知识点

本章主要介绍在 AutoCAD 2011 中绘图前的一些准备工作，包括绘图环境的设置、图层的设置和坐标的一些相关知识等。

2.1 设置绘图环境

在 AutoCAD 2011 安装好后，用户就可以开始画图了，但是为了提高作图的工作效率，还需要设置绘图环境。

2.1.1 设置参数选项

用户可以通过以下 3 种方法来启用该功能。
① 命令：OPTIONS
② 菜单：单击"工具/选项"
③ 鼠标：在绘图区单击鼠标右键，选择选项命令

执行以上操作后，系统会出现如图 2.1 所示的"选项"对话框，具体包含如下选项的内容设置。

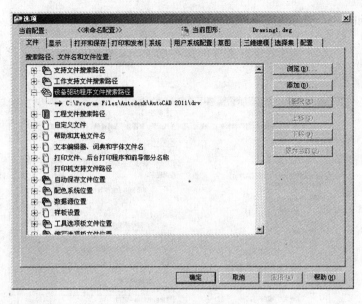

图 2.1 "选项"对话框的"文件"选项卡

1. "文件"选项卡

"文件"选项卡可用于指定文件夹，以供 AutoCAD 在其中查找定点设备、打印机、绘图仪的驱动程序等，如图 2.1 所示。

2. "显示"选项卡

"显示"选项卡主要控制 AutoCAD 的窗口外观。该选项卡用于设置窗口元素、布局元素、显示精度、十字光标大小等，如图 2.2 所示。

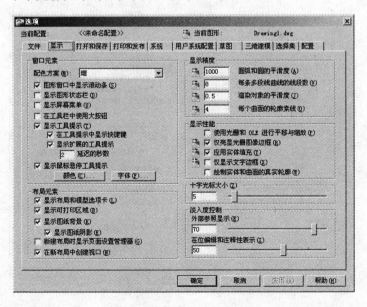

图 2.2 "显示"选项卡

3．"打开和保存"选项卡

"打开和保存"选项卡用于设置文件的保存选项、文件的安全措施、打开文件等参数，如图 2.3 所示。

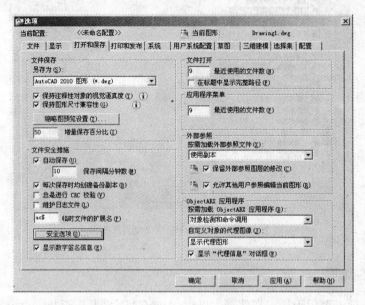

图 2.3　"打开和保存"选项卡

4．"打印和发布"选项卡

"打印和发布"选项卡用于文件默认打印、后台处理、常规打印、日志文件的打印和发布等参数的设置，如图 2.4 所示。

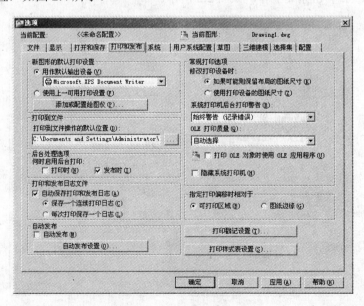

图 2.4　"打印和发布"选项卡

5."系统"选项卡

"系统"选项卡用于三维性能、当前定点设备、布局重生成选项、常规选项等系统参数的设置，如图 2.5 所示。

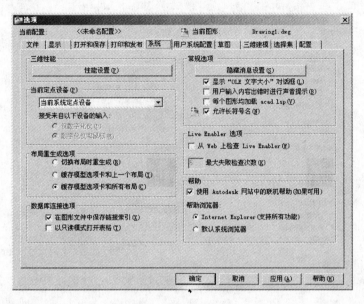

图 2.5 "系统"选项卡

6."用户系统配置"选项卡

"用户系统配置"选项卡用于 Windows 标准操作、插入比例、关联标注等控制优化工作方式参数的设置，如图 2.6 所示。

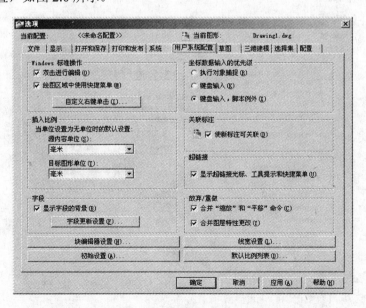

图 2.6 "用户系统配置"选项卡

7. "草图"选项卡

"草图"选项卡主要用于自动捕捉、自动捕捉标记大小、对象捕捉选项、靶框大小等参数的设置，如图 2.7 所示。

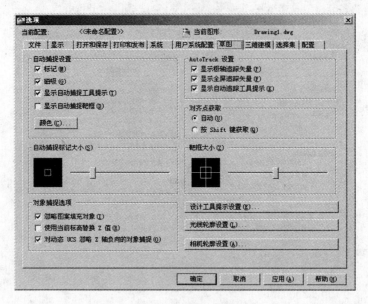

图 2.7 "草图"选项卡

8. "三维建模"选项卡

"三维建模"选项卡主要用于三维十字光标、三维对象、三维导航、动态输入等参数的设置，如图 2.8 所示。

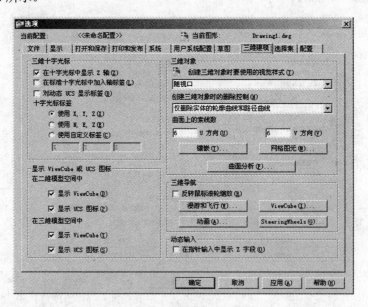

图 2.8 "三维建模"选项卡

9."选择集"选项卡

"选择集"选项卡主要用于拾取框大小、夹点大小、选择集模式、选择集预览、夹点等参数的设置，如图 2.9 所示。

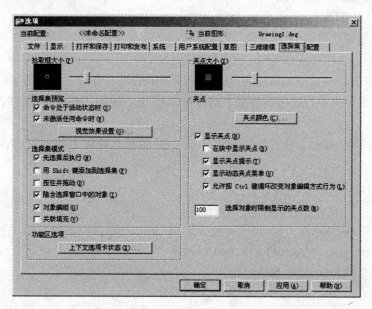

图 2.9 "选择集"选项卡

10."配置"选项卡

"配置"选项卡主要是对可用配置进行设置，如图 2.10 所示。

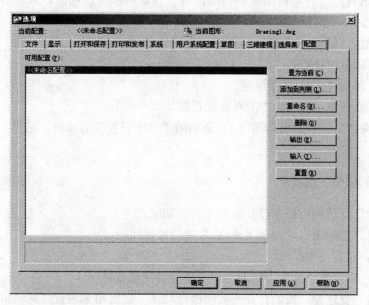

图 2.10 "配置"选项卡

2.1.2　设置绘图界限

绘图界限通常也称为图形界限、图形边界等，即绘图区域的大小。

用户可以通过以下 2 种方法来启用该功能。

① 命令：LIMITS

② 菜单：单击"格式/图形界限"

功能：

设置绘图界限，可以控制绘图的范围。绘图界限的设置方法主要有两种。

① 按实物实际大小设置绘图界限。这样可以按 1:1 绘图，在图形输出时设置适当的比例系数即可。

② 按绘图的图幅大小设置绘图界限。如 A3 图幅，绘图界限可以控制在 420×297 左右。

命令及提示：

命令: limits

重新设置模型空间界限:

指定左下角点或 [开(ON)/关(OFF)] <0.0000,0.0000>:

指定右上角点 <420.0000,297.0000>:

参数如下：

命令提示中的"[开(ON)/关(OFF)]"指打开绘图界限检查功能。设置为 ON 时，该功能打开，图形超出界限时会自动出现提示。

2.1.3　对象捕捉

捕捉分为两种，一种是自动捕捉功能，另一种是目标捕捉功能。设置这两种功能可以提高绘图精度。

用户可以通过以下 3 种方法来启用该功能。

① 命令：DSETTINGS

② 菜单：单击"工具/草图设置"

③ 鼠标：右键单击状态栏中的对象捕捉按钮□→设置

执行以上操作后，会弹出如图 2.11 所示的"草图设置"对话框。这里主要对以下选项卡进行说明。

1."捕捉和栅格"选项卡

"启用捕捉"复选框：控制打开或关闭捕捉功能。

"捕捉间距"选项组：设置在 X 和 Y 方向的捕捉间距。

极轴间距：设置极轴距离。

捕捉类型：设置栅格捕捉为矩形捕捉还是等轴测捕捉。

"启用栅格"复选框：控制打开或关闭栅格功能，它是用来设置可见网格的间距。

"栅格间距"选项组：设置在 X 和 Y 方向的网格间距。

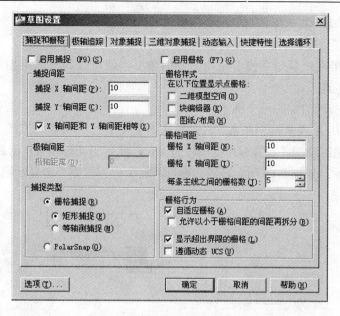

图 2.11 "捕捉和栅格"选项卡

 注意

打开或关闭捕捉功能的快捷键是 F9 键，F7 键为打开或关闭栅格功能的快捷键。

2. "极轴追踪"选项卡

利用极轴追踪可以在给定的极角度方向出现临时的辅助线。极轴追踪的设置如图 2.12 所示。

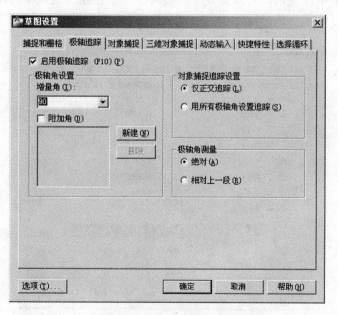

图 2.12 "极轴追踪"选项卡

"启用极轴追踪"复选框：打开或关闭极轴追踪功能。

增量角：即极角度。

附加角：如果在增量角中没有用户需要的角度，就可以勾选"附加角"，并单击"新建"按钮设置新的角度。

图 2.13 就是极轴追踪的一个例子。

在图 2.13 中从 A 到 B 画一条水平线，再从 B 到 C 作一条线段与直线 AB 成 45°角，这时可以打开极轴追踪功能并设置极角度增量为 45°，此时当光标在 45°附近时会自动显示出一条辅助线和提示，如图 2.13 所示，当光标远离这个位置时则不会显示辅助线和提示。

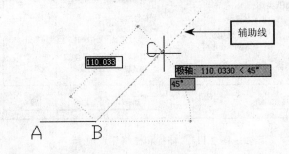

图 2.13　极轴追踪

 注意

打开或关闭极轴追踪功能的快捷键是 F10 键，也可以单击状态栏中的 ⊕ 按钮。

3."对象捕捉"选项卡

在 AutoCAD 中，使用"对象捕捉"功能可以实现在绘图过程中对图形特殊点的捕捉（如：端点、交点、中点、垂足等），从而提高工作效率和作图精度。对象捕捉如图 2.14 所示。

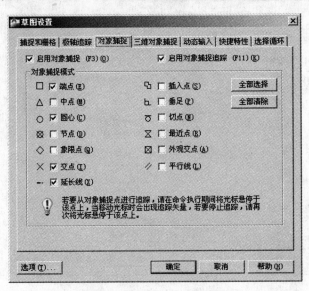

图 2.14　"对象捕捉"选项卡

注意

打开或关闭对象捕捉功能的快捷键是 F3 键。

2.1.4 正交

"正交"模式打开表示用户只能画水平线或垂线，对图形的移动操作等也只能是水平或垂直方向。正交的打开或关闭的快捷键为 F8，命令是 ORTHO，也可以单击状态栏中的 按钮。

2.1.5 设置图形单位

用户可以通过以下 2 种方法来启用该功能。

① 命令：UNITS、UN 或 DDUNITS（可透明使用）

② 菜单：单击"格式/单位"

执行以上操作后，会弹出如图 2.15 所示的"图形单位"对话框。

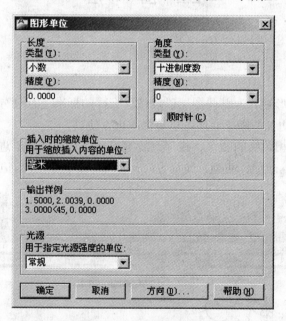

图 2.15 "图形单位"对话框

"图形单位"对话框各选项含义如下。

长度类型：默认为"小数"，根据需要还可以选择"分数"、"建筑"、"工程"或"科学"。

长度精度：机械类图形一般将其设为"0.00"。

角度类型：一般使用"十进制度数"。

角度精度：精确到整数即"0"。

插入时的缩放单位：一般默认为"毫米"，还有"分米"、"光年"等，可根据自己的需要选择单位。

　　光源强度单位：分为"常规"、"美国"和"国际"。

　　"方向"按钮：单击可弹出如图 2.16 所示的"方向控制"对话框，在此可设置角度的起始方向。

图 2.16　"方向控制"对话框

2.2　图　　层

图层是用来管理图形的强有力的工具。

2.2.1　图层简介

　　绘图时应考虑图形划分为哪些图层以及按什么样的标准进行划分。如果合理地划分了图层，会使图形信息更加清晰、有序，以后修改也方便。

　　每个图层都具有相关联的颜色、线型、线宽等，当对某个图层进行修改时，在该图层上的图形元素的属性（颜色、线型、线宽等）就会自动发生变化，这样也提高了工作效率，如图 2.17 所示。

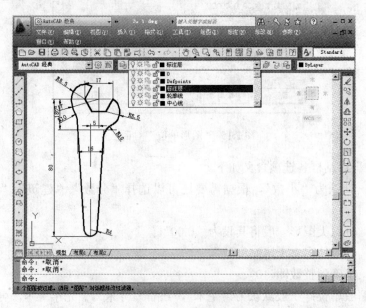

图 2.17　设置图层

2.2.2　图层的特点

- 每个图层对应一个图层名，系统默认设置图层为 0 层，其他图层由用户根据需要进行创建。
- 当前正在使用的图层称为当前层。
- 每个图层对应一种线型、线宽，在某个图层上创建图形对象时，就自动采用了该图层的线型、线宽，这称为随层（BYLAYER）方式。
- 打开（ON）/关闭（OFF）：控制图层上的图形元素的可见性，打开则可以看见，反之，图形元素消失。
- 锁定（LOCK）/解锁（UNLOCK）：控制图层上的对象是否能继续编辑修改，但不影响可见性。
- 冻结（FREEZE）/解冻（THAW）：影响可见性，且控制在打印输出时的可见性。因此，使用此功能可提高绘图速度。

2.2.3　图层的新建

用户可以通过以下 3 种方法来启用该命令。

① 命令：LAYER

② 菜单：单击"格式/图层"

③ 工具栏：单击"图层"工具栏中的 按钮

图层的创建方法：

① 执行以上操作后，会弹出"图层特性管理器"对话框，在此对话框中就可以创建图层了。单击 按钮，在列表框中就会出现名为"图层 1"的图层。

② 为了便于区分不同的图层，用户应取一个能代表图层上图形元素特性的新名字来取代缺省图层名，如"标注层"、"轮廓线"、"中心线"图层等，如图 2.18 所示。

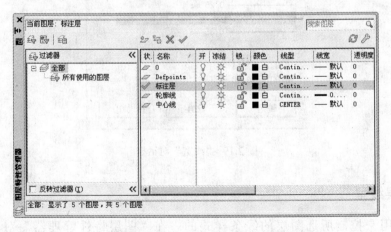

图 2.18　"图层特性管理器"对话框

2.2.4　图层的更名

要对已有图层进行更名，应该首先打开"图层特性管理器"对话框，再执行相应的操作即可。

　　用户可以通过以下 3 种方法来实行改名：

　　① 选中要更名的图层后单击鼠标右键→重命名图层→输入新名称即可。

　　② 在选中图层的情况下双击鼠标左键，再输入新的名称进行更改图层名称。

　　③ 在选中图层的情况按 F2 键，再输入新的名称。

2.2.5　图层的删除

　　要删除某个图层，可在"图层特性管理器"对话框中选择要删除的图层名称，再删除图层即可。

　　用户可以通过以下 3 种方法来删除图层：

　　① 选中要删除的图层后单击鼠标右键→删除。

　　② 选中要删除的图层单击删除图层按钮×。

　　③ 选中要删除的图层，再按 ALT+D 组合键即可。

2.2.6　图层线宽

　　线宽是用来控制所选图层的线宽的。在"图层特性管理器"对话框中单击"线宽"按钮可以弹出如图 2.19 所示的"线宽"对话框，在此可以设置所选图层的线宽。

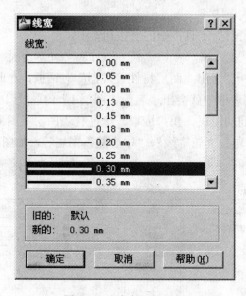

图 2.19　"线宽"对话框

2.2.7　图层线型

　　线型是用来控制所选图层的线条样式的。在"图层特性管理器"对话框中单击"线型"按钮可以弹出如图 2.20 所示的"选择线型"对话框，在此可以设置图层的线型。当用户需要其他线型时，可以在此对话框中单击"加载"按钮，则会弹出如图 2.21 所示的"加载或重载线型"对话框，用户可以在此选择自己需要的线型单击"确定"按钮即可。

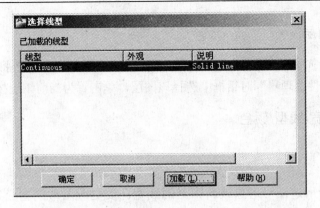

图 2.20 "选择线型"对话框

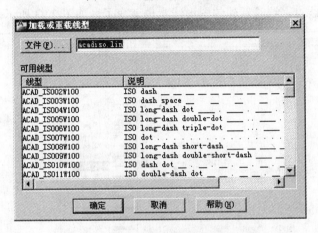

图 2.21 "加载或重载线型"对话框

2.2.8 图层颜色

在"图层特性管理器"对话框中单击"颜色"按钮会弹出如图 2.22 所示的"选择颜色"对话框,用户可以在此选择自己所需的颜色。

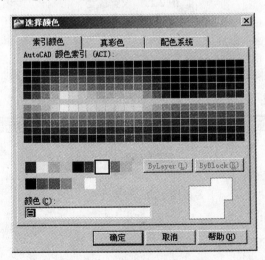

图 2.22 "选择颜色"对话框

2.2.9　置为当前层

在 AutoCAD 中将某一图层作为当前活动图层称为置为当前层。要将某一图层作为当前图层就在"图层特性管理器"对话框中选择该图层，单击置为当前图层按钮✔即可。

2.2.10　图形线宽/线型/颜色

1．图形线宽

图形线宽是指所选图形对象或新图形的线宽。要更改图形线宽应先选中图形，再在"特性"工具栏中选择合适的线宽；如果要更改新创建的图形线宽，应当不选中任何图形对象直接选择适当的线宽，这时新建的图形线宽也就变了，如图 2.23 所示。

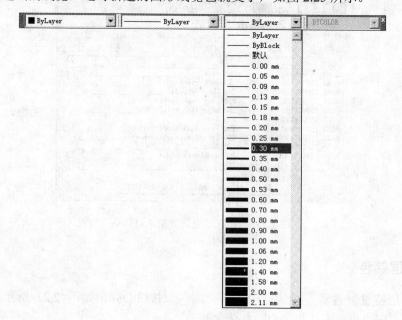

图 2.23　设置线宽

2．图形线型

图形线型是指所选图形对象或新图形的线条样式。设置图形线型或者更改新创建的图形线型，如图 2.24 所示。

图 2.24　设置线型

3．图形颜色

图形颜色的设置方法如图 2.25 所示。

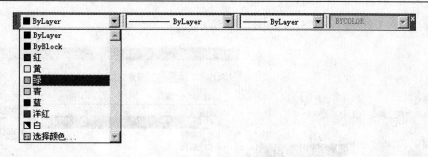

图 2.25　设置颜色

2.3　点　坐　标

在 AutoCAD 中，坐标是用来精确定位某一点的位置的，每一个点都有一个相对应的坐标。

2.3.1　世界坐标系（WCS）

世界坐标系由 X 轴、Y 轴和 Z 轴组成。在二维视图中默认 X 轴水平，Y 轴垂直，原点为 X 轴和 Y 轴的交点（0，0），Z 轴不显示，而在三维视图中会显示出 Z 轴。坐标点的方向以正、负来区分，如图 2.26 所示。

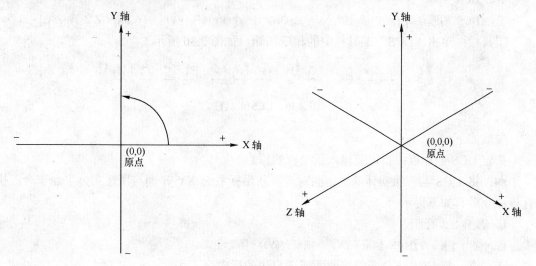

图 2.26　在二维和三维视图中的世界坐标系

2.3.2　用户坐标系（UCS）

在 AutoCAD 中，根据不同模型和用户的需要，要求改变坐标的原点和方向，这就有利于在二维或三维空间中进行编辑图形等相关操作。UCS 坐标系如图 2.27 所示。

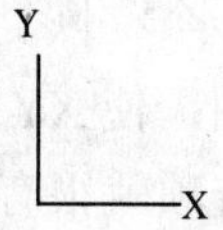

用户可以通过以下 4 种方法来新建 UCS 坐标系。

① 菜单："工具/新建 UCS"，如图 2.28 所示。

图 2.27　用户坐标系

② 菜单："工具/命名 UCS"，如图 2.29 所示。

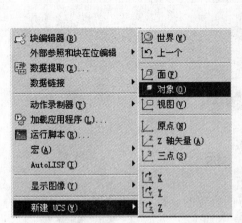

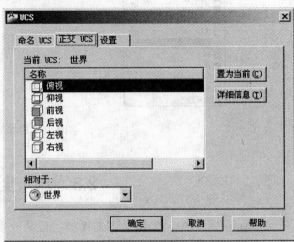

图 2.28   UCS 菜单   图 2.29   UCS 对话框

③ 命令行：输入 UCS 命令按 Enter 键。

命令及提示：

命令: UCS

当前 UCS 名称: *世界*

指定 UCS 的原点或 [面(F)/命名(NA)/对象(OB)/上一个(P)/视图(V)/世界(W)/X/Y/Z/Z 轴(ZA)] <世界>:

工具栏：单击"UCS"工具栏中的相应按钮，如图 2.30 所示。

图 2.30   UCS 工具栏

参数如下：

指定 UCS 的原点：指定或输入新坐标的原点。

面：将 UCS 与三维实体的选定面对齐。新坐标系的 XY 平面与所选实体平面重合，执行该命令后有如下提示：

选择实体对象的面：

输入选项 [下一个(N)/X 轴反向(X)/Y 轴反向(Y)] <接受>:

下一个：将 UCS 定位于邻接的面或选定边的后向面。

X 轴反向：将 UCS 绕 X 轴旋转 $180°$。

Y 轴反向：将 UCS 绕 Y 轴旋转 $180°$。

命名：为当前坐标系命名并保存起来。

对象：所选对象作为新坐标系的 XY 平面。

上一个：恢复前一个坐标系。

视图：使 XY 平面与屏幕平行，但坐标原点不变。用户想注释当前视图且需要文本显示时，该选项就很有用。

世界：将 UCS 设置为世界坐标系。

X：将 UCS 绕 X 轴旋转一定角度来产生新坐标。

Y：将 UCS 绕 Y 轴旋转一定角度来产生新坐标。

Z：将 UCS 绕 Z 轴旋转一定角度来产生新坐标。

Z 轴：用指定的 Z 轴正半轴定义 UCS。

三点：即新坐标的原点、X 轴上的点、Y 轴上的点。

用户坐标系的应用如图 2.31 所示（左图为原坐标，右图为更改后的坐标）。

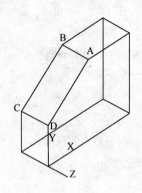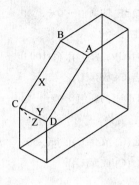

图 2.31　UCS 的应用实例

操作步骤如下

命令: UCS

当前 UCS 名称: *没有名称*

指定 UCS 的原点或 [面(F)/命名(NA)/对象(OB)/上一个(P)/视图(V)/世界(W)/X/Y/Z/Z 轴(ZA)]<世界>: 3

指定新原点 <0,0,0>:　　　　　捕捉 C 点

在正 X 轴围上指定点 <1.0000,40.0000,-30.0000>:　　　　捕捉 B 点

在 UCS XY 平面的正 Y 轴范围上指定点 <-0.6247,40.7809,-30.0000>:　　捕捉 D 点

2.3.3　相对坐标

相对坐标是指某点 B 相对于某一参考点 A 的位置，相对坐标一般以前一个点为参考点。

1．相对直角坐标

相对直角坐标是指某一点 B 相对于某一特定点 A 在各个轴向上的增量，其表示方法为（@X,Y）。

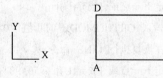

图 2.32 是相对直角坐标的应用。

图 2.32　相对直角坐标的应用

其操作步骤如下：

命令: _line

指定第一点: 100,0　　　A 点的绝对坐标

指定下一点或 [放弃(U)]:

>>输入 ORTHOMODE 的新值 <0>:

正在恢复执行 LINE 命令。

指定下一点或 [放弃(U)]: @100, 0　　　B 点相对于 A 点的直角坐标

指定下一点或 [放弃(U)]:

>>输入 ORTHOMODE 的新值 <0>:

正在恢复执行 LINE 命令。

指定下一点或 [放弃(U)]: @0,50　　　　C 点相对于 B 点的直角坐标

指定下一点或 [闭合(C)/放弃(U)]:

>>输入 ORTHOMODE 的新值 <0>:

正在恢复执行 LINE 命令。

指定下一点或 [闭合(C)/放弃(U)]: @-100,0　　D 点相对于 C 点的直角坐标

指定下一点或 [闭合(C)/放弃(U)]:

>>输入 ORTHOMODE 的新值 <0>:

正在恢复执行 LINE 命令。

指定下一点或 [闭合(C)/放弃(U)]: @0,-50　　　A 点相对于 D 点的直角坐标

指定下一点或 [闭合(C)/放弃(U)]:　　　　按 Enter 结束

2. 相对极坐标

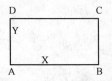

图 2.33　相对极坐标的应用

相对极坐标是用某一点 B 相对于某一特定点 A 的极长和角度来表示的，其表示方式为（@L<a）。

其中 L 表示极线长度，a 表示极线与经过参考点水平方向的夹角。

图 2.33 是相对极坐标的应用。

其操作步骤如下：

命令: _line 指定第一点: 0,0　　　　　　表示矩形的 A 点与坐标原点重合

指定下一点或 [放弃(U)]:

>>输入 ORTHOMODE 的新值 <0>:

正在恢复执行 LINE 命令。

指定下一点或 [放弃(U)]: @100<0　　　B 点相对于 A 点的极坐标

指定下一点或 [放弃(U)]:

>>输入 ORTHOMODE 的新值 <0>:

正在恢复执行 LINE 命令。

指定下一点或 [放弃(U)]: @50<90　　　C 点相对于 B 点的极坐标

指定下一点或 [闭合(C)/放弃(U)]: @100<180　　D 点相对于 C 点的极坐标

指定下一点或 [闭合(C)/放弃(U)]:

>>输入 ORTHOMODE 的新值 <0>:

正在恢复执行 LINE 命令。

指定下一点或 [闭合(C)/放弃(U)]: @50<270　　A 点相对于 D 点的极坐标

指定下一点或 [闭合(C)/放弃(U)]:　　　　按 Enter 键结束

2.3.4 绝对坐标

绝对坐标是指某一点 B 相对于坐标原点的位置，其包括绝对直角坐标和绝对极坐标两种。

1. 绝对直角坐标

绝对直角坐标是指某一点 B 相对于坐标原点在各个轴向上的增量，其表示方式为（X，Y）。

2. 绝对极坐标

绝对极坐标是用某一点 B 相对于坐标原点的极长和角度来表示的，其表示方式为（L<a）

2.4 示例——利用坐标绘制正三角形（如图 2.34 所示）

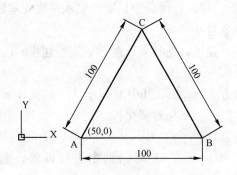

图 2.34 绝对坐标与相对极坐标的应用

绘制正三角形 ABC 操作步骤如下：

```
命令:_line                        执行直线命令
指定第一点: 50,0                   A 点的绝对坐标
指定下一点或 [放弃(U)]:
>>输入 ORTHOMODE 的新值 <0>:
正在恢复执行 LINE 命令。
指定下一点或 [放弃(U)]: @100<0      B 点相对于 A 点的极坐标
指定下一点或 [放弃(U)]:
>>输入 ORTHOMODE 的新值 <0>:
正在恢复执行 LINE 命令。
指定下一点或 [放弃(U)]: @100<120    C 点相对于 B 点的极坐标
指定下一点或 [闭合(C)/放弃(U)]:
>>输入 ORTHOMODE 的新值 <0>:
正在恢复执行 LINE 命令。
指定下一点或 [闭合(C)/放弃(U)]: @100<240 A 点相对于 C 点的极坐标
```

指定下一点或 [闭合(C)/放弃(U)]:   按 Enter 结束

2.5 小 结

通过对本章各知识点的学习，读者应当掌握"草图"设置、"选项"设置、图层的设置和坐标的设置及应用等。学会了这些，对提高作图的效率很有帮助。

2.6 习 题

2.6.1 填空题

1. 在 AutoCAD 2011 中栅格模式的快捷键是（   ）。

2. 在"图层特性管理器"中，删除图层的组合键为（   ）。

3. 坐标系分为世界坐标系和（   ）坐标系。

4. 在（   ）模式下，使用直线命令只能绘制水平线或垂线。

5. 设置图形界限的命令是（   ）。

6. 选项设置包括文件、显示、选择集、配置、三维建模、（   ）、（   ）、（   ）、（   ）和（   ）十个。

7. 相对极坐标的表示方式为@L<a,其中 L 表示（   ），a 表示（   ）。

8. 相对坐标分为（   ）和相对极坐标。

9. 极轴追踪的快捷键为（   ）。

10. 图层线宽在（   ）对话框中进行设置，而要改变图形线宽应该在（   ）工具栏进行设置。

2.6.2 问答题

1. "草图设置"对话框中主要有哪 4 种设置选项卡？它们分别在什么情况下使用？可以通过哪些方式来执行"草图设置"命令？

2. 设置图形界限主要有哪两种方法？

3. "选项"对话框中的"显示"选项卡主要用于设置什么？主要包含哪些内容的设置？

4. "图形单位"设置中，角度方向默认以哪个方向为 0 度？以哪个方向为 180 度？

5. 在坐标输入中"@100<30"表示的含义是什么？

2.6.3 操作题

1. 按本章所介绍的步骤完成各练习。

2. 用直线命令绘制出如图 2.35 所示正六边形，且每个顶点用坐标来确定。

3. 将图 2.36 中左图修改为右图的效果：外边两个圆线宽改为 0.3 毫米，线型为实心线，里面圆的线型改为虚线。

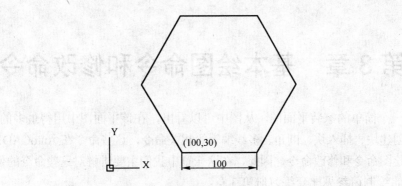

图 2.35 利用坐标绘制的正六边形

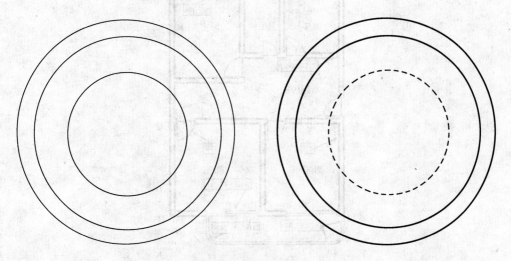

图 2.36 线宽、线型设置

第 3 章　基本绘图命令和修改命令

下图是一个简单的家装平面图，从图中可以看出，在该平面图中用得最多的就是多线、圆、直线、创建块、插入块、圆角、多线编辑等相关命令，这些命令在 AutoCAD 绘图中是最常用的基本绘图命令和修改命令，因此，在这一章中我们主要讲解对这些命令的使用。

此图形的绘制请参见配套练习册第 3 章。

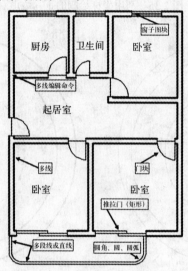

本章知识点

本章重点介绍在 AutoCAD 2011 中创建和编辑复杂图形的相关操作技巧，包括命令的快速输入，直线、多段线、构造线、矩形、圆、正多边形等各种基本图形元素的创建，以及将图元进行组织与编辑为更为完整的图形的命令，如复制、镜像、偏移、阵列、修剪、延伸、圆角、倒角等。

3.1　基本绘图命令

在本节中，我们将具体学习基本绘图命令的使用，如直线、矩形、正多边形、圆、椭圆等。"绘图"工具栏如图 3.1 所示。

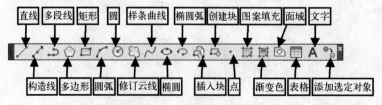

图 3.1　"绘图"工具栏

3.1.1　直线、构造线、多段线

1. 直线

直线是最常见的图形元素之一。

用户可以通过以下 3 种方法来启用直线命令。

① 命令：LINE

② 菜单：单击"绘图/直线"

③ 工具栏：单击"直线"按钮

命令及提示：

> 命令：_line
>
> 指定第一点：
>
> 指定下一点或 [放弃(U)]：
>
> 指定下一点或 [放弃(U)]：
>
> 指定下一点或 [闭合(C)/放弃(U)]：

参数如下：

指定第一点：定义直线的第一个端点。

指定下一点：定义直线的下一个端点。

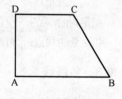

放弃（U）：放弃刚绘制的一段直线。

闭合（C）：将直线首尾相连变为封闭式的多边形。

图 3.2 就是绘制直线的练习。

图 3.2　直线的应用

如果利用键盘通过输入坐标绘制出如图 3.2 所示的图形，便提高了绘图的精确度。

步骤如下所示：

> 命令：_line
>
> 指定第一点: 100,80　　　定义 A 点的绝对坐标
>
> 指定下一点或 [放弃(U)]: @100<0　　　B 点相对于 A 点的极坐标
>
> 指定下一点或 [放弃(U)]: @-40,60　　　C 点相对于 B 点的直角坐标
>
> 指定下一点或 [闭合(C)/放弃(U)]: @-60,0　　　D 点相对于 C 点的直角坐标
>
> 指定下一点或 [闭合(C)/放弃(U)]: c　　　与起点 A 点连接封口

2. 构造线

构造线（参照线）是指通过某两点或通过一点并确定了主向向两个方向无限延长的直线。它一般用作辅助线。

用户可以通过以下 3 种方法来启用构造线命令。

① 命令：XLINE

② 菜单：单击"绘图/构造线"

③ 工具栏：单击"构造线"按钮

命令及提示：

命令: _xline
指定点或 [水平(H)/垂直(V)/角度(A)/二等分(B)/偏移(O)]:
参数如下:
指定点: 指定构造线的第一点。

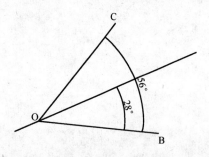

图 3.3　构造线的应用

水平(H): 画水平构造线, 随后指定的点为该水平线的通过点。

垂直(V): 画垂直构造线, 随后指定的点为该垂直线的通过点。

角度(A): 按用户指定的角度画构造线。

二等分(B): 为指定的角作角平分线。

偏移(O): 按指定的偏移距离复制构造线。

图 3.3 就是作角 BOC 的平分线的练习。

步骤如下:

命令: _xline
指定点或 [水平(H)/垂直(V)/角度(A)/二等分(B)/偏移(O)]: B
指定角的顶点:　单击 O 点
指定角的起点:　单击 B 点
指定角的端点:　单击 C 点
指定角的端点:　可继续输入其他点, 否则按 Enter 键结束该命令

3. 多段线

多段线是由一系列具有宽度性质的直线段或圆弧段组成的单一实体。

用户可以通过以下 3 种方法来启用多段线。

① 命令: PLINE

② 菜单: 单击 "绘图/多段线"

③ 工具栏: 单击 "多段线" 按钮

命令及提示:

命令: _pline
指定起点:
当前线宽为 0.0000
指定下一个点或 [圆弧(A)/半宽(H)/长度(L)/放弃(U)/宽度(W)]:
指定下一点或 [圆弧(A)/闭合(C)/半宽(H)/长度(L)/放弃(U)/宽度(W)]: a
指定圆弧的端点或[角度(A)/圆心(CE)/闭合(CL)/方向(D)/半宽(H)/直线(L)/半径(R)/第二个点(S)/放弃(U)/宽度(W)]:

参数如下:

指定起点: 指定多段线的起点。

指定下一个点: 指定多段线的下一个点。

圆弧(A): 绘制圆弧多段线, 同时出现绘制圆弧的系列参数。

端点: 指定绘制圆弧的端点。

角度: 指定绘制圆弧的角度。

圆心：指定绘制圆弧的圆心。

闭合：将多段线首尾相连成封闭式图形。

方向：指定圆弧方向。

半宽：指定多段线一半的宽度。

直线：转换成直线方式。

半径：指定绘制圆弧的半径。

第二个点：指定决定圆弧的第二个点。

放弃：放弃最后一步操作。

宽度：指定多段线的宽度。

闭合(C)：将多段线首尾相连成封闭式图形。

半宽(H)：指定多段线半宽。

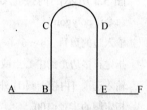

长度(L)：输入直线长度，其方向与前一直线相同或与前一

圆弧相切。

放弃(U)：放弃最后一步操作。

宽度(W)：指定多段线的宽度。

图 3.4　多段线的应用

图 3.4 所示的多段线其绘制步骤如下：

```
命令: _pline
指定起点:    单击 A 点
当前线宽为 0.0000
指定下一个点或 [圆弧(A)/半宽(H)/长度(L)/放弃(U)/宽度(W)]:    单击 B 点
指定下一点或 [圆弧(A)/闭合(C)/半宽(H)/长度(L)/放弃(U)/宽度(W)]: W
指定起点宽度 <0.0000>: 20
指定端点宽度 <20.0000>:
指定下一点或 [圆弧(A)/闭合(C)/半宽(H)/长度(L)/放弃(U)/宽度(W)]:    单击 C 点
指定下一点或 [圆弧(A)/闭合(C)/半宽(H)/长度(L)/放弃(U)/宽度(W)]: A
指定圆弧的端点或[角度(A)/圆心(CE)/闭合(CL)/方向(D)/半宽(H)/直线(L)/半径(R)/第二个点(S)/放弃(U)/
宽度(W)]:    单击 D 点
指定圆弧的端点或[角度(A)/圆心(CE)/闭合(CL)/方向(D)/半宽(H)/直线(L)/半径(R)/第二个点(S)/放弃(U)/
宽度(W)]: L
指定下一点或 [圆弧(A)/闭合(C)/半宽(H)/长度(L)/放弃(U)/宽度(W)]:    单击 E 点
指定下一点或 [圆弧(A)/闭合(C)/半宽(H)/长度(L)/放弃(U)/宽度(W)]: W
指定起点半宽 <10.0000>: 0
指定端点半宽 <0.0000>:
指定下一点或 [圆弧(A)/闭合(C)/半宽(H)/长度(L)/放弃(U)/宽度(W)]:    单击 F 点
指定下一点或 [圆弧(A)/闭合(C)/半宽(H)/长度(L)/放弃(U)/宽度(W)]:    按 Enter 键结束
```

3.1.2　正多边形、矩形、圆

1. 正多边形

正多边形是由多条等长边的封闭线段所构成的。AutoCAD 中可绘制 3～1024 边所组成的正多边形。

　　启用正多边形命令可以通过以下 3 种方法来实现。

　　① 命令：POLYGON

　　② 菜单：单击"绘图/正多边形"

　　③ 工具栏：单击"正多边形"按钮

　　绘制正多边形有 3 种方法。

　　① 内接法绘制正多边形。

　　假设有一个圆，要绘制内接于其中的一个正多形，即正多边形的每一个顶点都在圆周上。

　　图 3.5 所示的内接正 6 边形其步骤如下：

> 命令: _polygon
>
> 输入边的数目 <4>: 6
>
> 指定正多边形的中心点或 [边(E)]: 单击中心线的交点
>
> 输入选项 [内接于圆(I)/外切于圆(C)] <I>:
>
> 指定圆的半径: 100

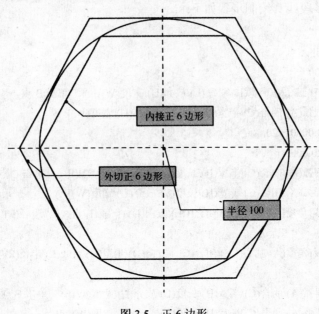

内接正 6 边形

外切正 6 边形

半径 100

图 3.5　正 6 边形

　　② 外切法绘制正多边形。

　　假设有一个圆，要绘制外切于该圆的一个正多形，即正多边形的每一条边在圆外且各边与圆相切。

　　图 3.5 所示的外切正 6 边形其步骤如下：

> 命令: _polygon
>
> 输入边的数目 <4>: 6
>
> 指定正多边形的中心点或 [边(E)]:　　单击中心线的交点
>
> 输入选项 [内接于圆(I)/外切于圆(C)] <I>: C

指定圆的半径: 100

③ 边长确定正多边形。

如果已知正多边形的边长，使用这种方式画正多边形就很方便。

按以下操作步骤可画出如图 3.6 所示的正多边形：

命令: _polygon

输入边的数目 <6>: 8

指定正多边形的中心点或 [边(E)]: E

指定边的第一个端点:　　　　　　　　单击 A 点

指定边的第二个端点: @100,0

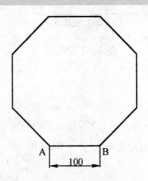

图 3.6　边长方式的正 6 边形

2. 矩形

矩形可以通过定义矩形的两个对角点来绘制，同时还可以设置倒角和圆角等参数。

启用矩形命令可以通过以下 3 种方法进行操作。

① 命令：RECTANG

② 菜单：单击"绘图/矩形"

③ 工具栏：单击"矩形"按钮

命令及提示：

命令: _rectang

指定第一个角点或 [倒角(C)/标高(E)/圆角(F)/厚度(T)/宽度(W)]:

指定另一个角点或 [面积(A)/尺寸(D)/旋转(R)]:

参数如下：

指定第一个角点：定义矩形的第一个顶点。

指定另一个角点：定义矩形的另一个顶点。

倒角：绘制带倒角的矩形。

圆角：绘制带圆角的矩形。

宽度：定义矩形的线宽。

标高：矩形离基面的高度。

厚度：矩形的厚度。

面积：根据面积绘制矩形。

尺寸：根据长度和宽度来绘制矩形。

旋转：按照指定的旋转角度来绘制矩形。

图 3.7 是通过不同参数绘制的矩形。

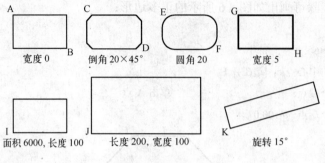

图 3.7　矩形练习

其操作步骤如下：

命令: _rectang

指定第一个角点或 [倒角(C)/标高(E)/圆角(F)/厚度(T)/宽度(W)]:　　单击 A 点

指定另一个角点或 [面积(A)/尺寸(D)/旋转(R)]:　　单击 B 点

命令: _rectang

指定第一个角点或 [倒角(C)/标高(E)/圆角(F)/厚度(T)/宽度(W)]: C

指定矩形的第一个倒角距离 <0.0000>: 20

指定矩形的第二个倒角距离 <20.0000>:

指定第一个角点或 [倒角(C)/标高(E)/圆角(F)/厚度(T)/宽度(W)]:　　单击 C 点

指定另一个角点或 [面积(A)/尺寸(D)/旋转(R)]: 单击 D 点

命令: _rectang

当前矩形模式：　倒角=20.0000 x 20.0000

指定第一个角点或 [倒角(C)/标高(E)/圆角(F)/厚度(T)/宽度(W)]: f

指定矩形的圆角半径 <20.0000>:

指定第一个角点或 [倒角(C)/标高(E)/圆角(F)/厚度(T)/宽度(W)]:　　单击 E 点

指定另一个角点或 [面积(A)/尺寸(D)/旋转(R)]:　　单击 F 点

命令: _rectang

当前矩形模式：　圆角=0.0000

指定第一个角点或 [倒角(C)/标高(E)/圆角(F)/厚度(T)/宽度(W)]: w

指定矩形的线宽 <0.0000>: 5

指定第一个角点或 [倒角(C)/标高(E)/圆角(F)/厚度(T)/宽度(W)]:　　单击 G 点

指定另一个角点或 [面积(A)/尺寸(D)/旋转(R)]: 单击 H 点

命令: _rectang

指定第一个角点或 [倒角(C)/标高(E)/圆角(F)/厚度(T)/宽度(W)]:　　单击 I 点

指定另一个角点或 [面积(A)/尺寸(D)/旋转(R)]: A

输入以当前单位计算的矩形面积:6000

计算矩形标注时依据 [长度(L)/宽度(W)] <长度>: L

输入矩形长度 <200.0000>:　100

命令: _rectang

指定第一个角点或 [倒角(C)/标高(E)/圆角(F)/厚度(T)/宽度(W)]:　　单击 J 点

指定另一个角点或 [面积(A)/尺寸(D)/旋转(R)]: D

指定矩形的长度 <100.0000>: 200

指定矩形的宽度 <60.0000>: 100

指定另一个角点或 [面积(A)/尺寸(D)/旋转(R)]:　　按 Enter 键

命令: _rectang

指定第一个角点或 [倒角(C)/标高(E)/圆角(F)/厚度(T)/宽度(W)]:　　单击 K 点

指定另一个角点或 [面积(A)/尺寸(D)/旋转(R)]: R

指定旋转角度或 [拾取点(P)] <0>:　　15

指定另一个角点或 [面积(A)/尺寸(D)/旋转(R)]:　　按 Enter 键

3. 圆

圆是最常见的图形元素之一。

用户可以通过以下 3 种方法启动圆命令。

① 命令：CIRCLE

② 菜单：单击"绘图/圆"

③ 工具栏：单击"圆"按钮

画圆有 6 种方法，如图 3.8 所示。

命令及提示：

图 3.8　绘制圆的菜单命令

命令: _circle

指定圆的圆心或 [三点(3P)/两点(2P)/切点、切点、半径(T)]:

指定圆的半径或 [直径(D)]:

参数如下：

圆心：指定圆的圆心。

半径：指定圆的半径大小。

直径：指定圆的直径大小。

两点：按照指定的两点画圆。

三点：按照指定的三点画圆。

相切、相切、半径：指定与绘制的圆相切的两个元素，并定义圆的半径，且半径必须小于两元素间的最小距离。

相切、相切、相切：指定和绘制圆相切的 3 个元素。

采用"相切、相切、半径"和"相切、相切、相切"的方式绘制的圆，如图 3.9 所示。

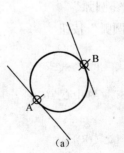
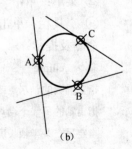

（a）　　　　　　　　　　（b）

图 3.9　"相切、相切、半径"和"相切、相切、相切"方式绘制的圆

画（a）图步骤如下：

先绘制好直线

命令: _circle

指定圆的圆心或 [三点(3P)/两点(2P)/相切、相切、半径(T)]:T

指定对象与圆的第一个切点:　单击(a)图中的 A 直线

指定对象与圆的第二个切点:　单击(a)图中的 B 直线

指定圆的半径: 50

画（b）图步骤如下：

先绘制好直线

命令: _circle

指定圆的圆心或 [三点(3P)/两点(2P)/相切、相切、半径(T)]: _3p 指定圆上的第一个点: _tan 到　　单击(b)图中的 A 直线

指定圆上的第二个点: _tan 到　　单击(b)图中的 B 直线

指定圆上的第三个点: _tan 到　　单击(b)图中的 C 直线

 注意

圆与直线相切时，不一定和直线有明显的切点，可以是直线延长线上的点。

3.1.3　圆弧、椭圆、椭圆弧

1. 圆弧

圆弧是圆的一部分，具有与圆相同的属性。

用户可以通过以下 3 种方法启动圆弧命令。

① 命令：ARC

② 菜单：单击"绘图/圆弧"

③ 工具栏：单击"圆弧"按钮

命令及提示：

命令: _ellipse

指定椭圆的轴端点或 [圆弧(A)/中心点(C)]:

指定轴的另一个端点:

指定另一条半轴长度或 [旋转(R)]:

AutoCAD 提供了 11 种绘制圆弧的方法，如图 3.10 所示。

具体参数如下。

三点：通过指定的 3 个点绘制圆弧，即起点、第二个点和端点，如图 3.11 所示。

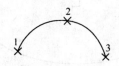

图 3.10　圆弧的几种绘制方法　　　　　　　图 3.11　三点方式画圆弧

起点、圆心、端点：通过指定圆弧的起点、圆心和端点来绘制圆弧。

起点、圆心、角度：通过指定圆弧的起点、圆心和角度来绘制圆弧。

起点、圆心、长度：通过指定圆弧的起点、圆心和弧长来绘制圆弧。

起点、端点、角度：通过指定圆弧的起点、端点和角度来绘制圆弧。

起点、端点、方向：通过指定圆弧的起点、端点和方向来绘制圆弧。

起点、端点、半径：通过指定圆弧的起点、端点和半径来绘制圆弧。

圆心、起点、端点：通过指定圆弧的圆心、起点和端点来绘制圆弧。

圆心、起点、角度：通过指定圆弧的圆心、起点和角度来绘制圆弧。

圆心、起点、长度：通过指定圆弧的圆心、起点和长度来绘制圆弧。

继续：使用该命令将出现如下选项命令"指定圆弧的起点或 [圆心(C)]"，如果按 Enter 键将以最后绘制的圆弧端点作为新圆弧的起点，以最后绘制的圆弧端点的切线方向为新圆弧的切线方向。

2．椭圆

椭圆被认为是有倾斜角度的圆。

用户可以通过以下 3 种方法启动椭圆命令。

① 命令：ELLIPSE

② 菜单：单击"绘图/椭圆"

③ 工具栏：单击"椭圆"按钮

命令及提示：

命令:_ellipse

指定椭圆的轴端点或 [圆弧(A)/中心点(C)]:

指定轴的另一个端点:

指定另一条半轴长度或 [旋转(R)]:

参数如下：

轴端点：指定一个轴的两个端点和另一个半轴的长度。

圆弧：绘制椭圆弧。

中心点：指定椭圆中心、一个轴的端点以及另一个半轴长度。

图 3.12 是使用"轴端点"方式绘制的椭圆。

图 3.13 是使用"中心点"方式绘制的椭圆。

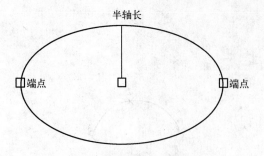

图 3.12　"轴端点"方式绘制的椭圆

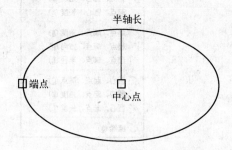

图 3.13　"中心点"方式绘制的椭圆

3. 椭圆弧

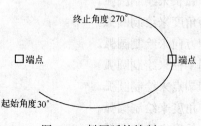

图 3.14　椭圆弧的绘制

椭圆弧被认为是椭圆的一部分，实际上等同于椭圆中的"圆弧"参数。

用户可以通过以下 3 种方法启动椭圆弧命令。

① 命令：ELLIPSE

② 菜单：单击"绘图/椭圆弧"

③ 工具栏：单击"椭圆弧"按钮

椭圆弧的绘制如图 3.14 所示。

其操作步骤如下：

```
命令：_ellipse
指定椭圆的轴端点或 [圆弧(A)/中心点(C)]: a
指定椭圆弧的轴端点或 [中心点(C)]:
指定轴的另一个端点:
指定另一条半轴长度或 [旋转(R)]:
指定起始角度或 [参数(P)]: 30
指定终止角度或 [参数(P)/包含角度(I)]: 270
```

3.1.4　修订云线、样条曲线

1. 修订云线

修订云线主要用于标记图形或检查提醒相关图形的某个区域。

用户可以通过以下 3 种方法启动修订云线命令。

① 命令：REVCLOUD

② 菜单：单击"绘图/修订云线"

③ 工具栏：单击"修订云线"按钮

命令及提示：

```
命令：_revcloud
```

最小弧长: 15　　最大弧长: 15　　样式: 普通

指定起点或 [弧长(A)/对象(O)/样式(S)] <对象>:

沿云线路径引导十字光标…

修订云线完成。

参数如下：

弧长：用于设置修订云线的最大弧长和最小弧长，且最大弧长不能超过最小弧长的 3 倍。

对象：将封闭的图形转换为修订云线的路径，此类图形可以是圆、矩形、多边形。

指定"对象"后命令行出现如下提示：

反转方向 [是(Y)/否(N)] <否>:

默认为"不反转"，即修订云线圆弧向外；如输入 Y 表示反转，即圆弧向内。

样式：提供普通和手绘两种切换样式，图 3.15 左图为普通，右图为手绘。

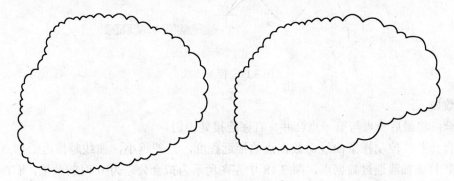

图 3.15　修订云线

图 3.16 是将正六边形转为修订云线，且左图为云线圆弧向外，右图为向内的效果。

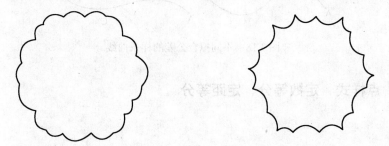

图 3.16　正六边形转换为修订云线的两种不同效果

2．样条曲线

样条曲线是在两个点之间产生一条光滑曲线，常用来绘制波浪线。

用户可以通过以下 3 种方法启动样条曲线命令。

① 命令：SPLINE

② 菜单：单击"绘图/样条曲线"

③ 工具栏：单击"样条曲线"按钮

命令及提示：

命令：_spline
指定第一个点或 [对象(O)]:　　　单击点 1
指定下一点：　　单击点 2
指定下一点或 [闭合(C)/拟合公差(F)] <起点切向>:　　　单击点 3
指定下一点或 [闭合(C)/拟合公差(F)] <起点切向>:　　　单击点 4
指定下一点或 [闭合(C)/拟合公差(F)] <起点切向>:　　　单击点 5
指定起点切向：
指定端点切向：

根据命令提示操作可以绘制出如图 3.17 所示的样条曲线效果。

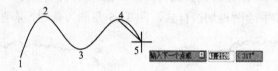

图 3.17　样条曲线

参数如下。

闭合：将最后一点与第一点合并，且在连接处相切。

拟合公差：控制样条曲线对数据点的接近程度，公差越小，曲线越接近数据点，公差为 0 时，样条曲线通过数据点，图 3.18 中左图所示为拟合公差为 0 时的效果，右图所示为拟合公差为 50 的效果。

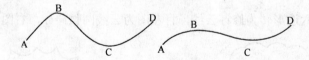

图 3.18　不同拟合公差的样条曲线

3.1.5　点、点样式、定数等分、定距等分

1. 点

点是图形中的基本元素，任何线、面都是由点组成的，并且点可以作标记等分，也可以通过设置点的样式等绘制辅助图形。

用户可以通过以下 3 种方法启动点命令。

① 命令：POINT（PO）

② 菜单：单击"绘图/点"

③ 工具栏：单击"点"按钮

命令及提示：

命令：_point
当前点模式：　PDMODE=0　PDSIZE=0.0000

指定点：

命令：

参数如下：

指定点：指定点的位置。

2. 点样式

点样式为设置输入点的样式，在默认情况下为小圆点。用户可以通过单击菜单"格式/点样式"来启动设置点样式的对话框，如图 3.19 所示。

3. 定数等分

定数等分是将指定对象分为 X 等份，且 X 的取值范围是 2~32767。

用户可以通过以下 2 种方法启动定数等分命令。

① 命令：DIVIDE（DIV）

② 菜单：单击"绘图/点/定数等分"

命令及提示：

命令: _divide

选择要定数等分的对象：　选取图 3.20 所示的多段线

输入线段数目或 [块(B)]: 5

图 3.20 是将已知多段线分成 5 等份的效果，其操作步骤如命令及提示。

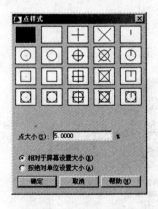

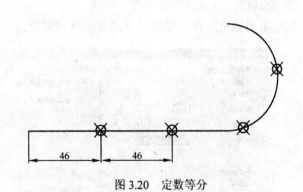

图 3.19　"点样式"对话框　　　　　　　　图 3.20　定数等分

4. 定距等分

定距等分是将指定对象从起点开始按指定的距离进行分段。

用户可以通过以下 2 种方法启动定距等分命令。

① 命令：MEASURE（ME）

② 菜单：单击"绘图/点/定距等分"

命令及提示：

命令: _measure

选择要定距等分的对象：　选取图 3.21 所示的多段线

指定线段长度或 [块(B)]: 70

图 3.21 是将已知多段线进行定距等分的效果，其操作步骤如命令及提示。

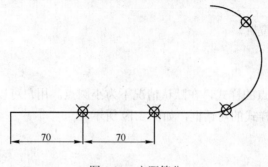

图 3.21　定距等分

3.1.6　图案填充、渐变填充

1. 图案填充

在绘制图形时，经常需要将图形内部进行图案填充，AutoCAD 为用户提供了"图案填充"命令，可以按照用户的要求进行填充。

用户可以通过以下 3 种方法启动图案填充命令。

① 命令：BHATCH

② 菜单：单击"绘图/图案填充"

③ 工具栏：单击"图案填充"按钮

执行图案填充命令后将弹出"图案填充和渐变色"对话框，如图 3.22 所示。

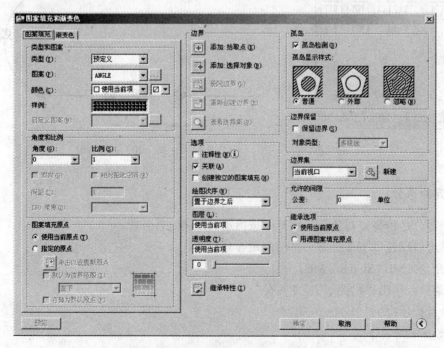

图 3.22　"图案填充和渐变色"对话框

对话框中的各选项含义如下。

（1）类型和图案

类型：设置图案类型，有"预定义"、"用户定义"和"自定义" 3 种类型的图案可供用户选择、定义和使用。

预定义：AutoCAD 软件自身提供的图案类型，可以从软件自带的"acad.pat"或"acadiso.pat"文件中调用。

用户定义：图案基于图形中的当前线型来临时定义的图案。

自定义：允许从其他 PAT 文件中指定一种定义的图案。

图案：列出可用的预定义图案。最近使用的 6 个用户预定义图案出现在列表顶部。该选项只有在"类型"设置为"预定义"时才可以使用。单击其后方的"填充图案选项"按钮，将显示"填充图案选项板"对话框，如图 3.23 所示，从中可以查看所有预定义图案的预览图像。

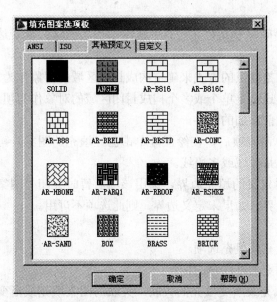

图 3.23　"填充图案选项板"对话框

样例：显示已选定图案的预览图像。

自定义图案：列出可用的自定义图案。该项只有在"类型"设置为"自定义"时才可以使用。

（2）角度和比例

对于选定填充图案的角度和比例进行设置。

角度：设置填充图案的旋转角度，初始角度为 0°。

比例：设置填充图案的比例，初始比例为 1，可根据用户需要进行放大或缩小。

双项：将绘制第二组直线，这些直线与原来的直线成 90°角，从而构成交叉线。在"类型"设置为"用户定义"时才可使用。

相对图纸空间：相对于图纸空间单位缩放填充图案。

间距：指定用户定义图案中平行线间的间距。在"类型"设置为"用户定义"时才可使用。

ISO 笔宽：设置视图中 ISO 相关的图案的填充笔宽。"类型"设置为"预定义"，并将"图案"设置为可用的 ISO 图案时才可使用。

（3）图案填充原点

控制填充图案生成的起始位置。某些图案填充（如砖块图案）需要与图案填充边界上的一点对齐。默认情况下，所有图案填充原点都对应于当前的 UCS 原点。

使用当前原点：默认情况下，原点设置为（0，0）。

指定的原点：指定新的图案填充原点。

单击以设置新原点：设置新的图案填充原点。

默认为边界范围：根据图案填充对象边界的矩形范围计算新原点。可以选择该范围的 4 个角点及其中心，如图 3.24 所示。

存储为默认原点：将新图案填充原点的值存储在 HPORIGIN 系统变量中。

原点预览：显示原点的当前位置。

（4）边界

填充图案时，需要确定填充边界。其中包括添加、删除、查看边界等选项，各选项含义如下。

添加拾取点：通过拾取点的方式来确定构成封闭区域的对象作为填充边界。

添加选择对象：通过指定单个或多个构成封闭区域的对象作为填充边界。

删除边界：删除之前添加的边界。

重新创建边界：单击该项后，在绘图区单击已经填充的图案，可以创建围绕图案填充的新边界，其类型可以是面域或多段线。

查看选择集：查看定义的填充边界，选用该项后暂时关闭"图案填充和渐变色"对话框，显示当前定义的边界。如果未定义边界，则此选项不可用。

（5）选项

控制常用的图案填充或填充选项。

注释性：对填充图案加以注释的特性。

关联：设置图案填充或渐变填充的关联。关联的图案填充或渐变填充在用户修改样式后，边界填充将随之更新。

创建独立的图案填充：指定了几个单独的闭合边界时，是创建单个图案填充对象还是多个图案填充对象。

绘图次序：为图案填充或填充指定绘图顺序。所包含的绘图次序如图 3.25 所示。

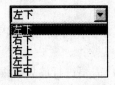

图 3.24　边界范围角点

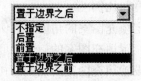

图 3.25　绘图次序

继承特性：将现有图案填充或填充对象的特性应用到将要填充的对象。

预览　预览：单击该按钮将暂时关闭"图案填充和渐变色"对话框，显示当前设置的图案填充效果，按 Enter 键或单击鼠标右键确定填充效果，按 Esc 键或单击鼠标左键则返回"图案填充和渐变色"对话框进行重新设置。如果预先没有定义边界或没有填充对象，该项不可用。

（6）孤岛

内部闭合的边界称为孤岛。

普通：从外向内检测孤岛，即遇到奇数边界填充，遇到偶数边界则不填充。

外部：从外向内进行图案填充，遇到内部孤岛则关闭图案填充，此时只对最外侧进行图案填充。

忽略：忽略所有的内部对象，填充图案时将通过这些对象。

按以下步骤可以制作出如图 3.26 所示的图案填充效果。

命令：_bhatch

拾取内部点或 [选择对象(S)/删除边界(B)]:　　　　　　将光标放在外圆与内圆之间拾取一点

正在选择所有可见对象...

正在分析所选数据...

正在分析内部孤岛...

拾取内部点或 [选择对象(S)/删除边界(B)]:

拾取或按 Esc 键返回到对话框或 <单击右键接受图案填充>:

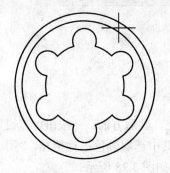

图 3.26　图案填充示例

2．渐变色

如果需要的话，用户还可以为图形填充渐变色。渐变色是以单色浓度过渡或双色渐变过渡对指定区域进行渐变填充的。

用户可以通过以下 3 种方法启动渐变色命令。

① 命令：GRADIENT

② 菜单：单击"绘图/渐变色"

③ 工具栏：单击"渐变色"按钮

 注意

在"图案填充和渐变色"对话框中单击"渐变色"选项卡来进行渐变色填充更为快捷。

执行渐变色命令后将弹出"图案填充和渐变色"对话框，如图 3.27 所示。

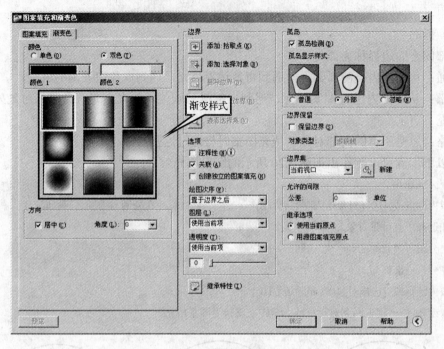

图 3.27 "图案填充和渐变色"对话框

"渐变色"选项卡中的各选项含义如下。

（1）颜色

可以设置单色或双色填充。

单色：使用从较深着色到较浅色调平滑过渡的单色填充，其后方的 ⋯ 按钮可以设置索引颜色、真彩色、配色系统类型的填充模式，用户可以从其中选取颜色进行填充，"明、暗滑块"用于指定一种颜色的明、暗程度。"选择颜色"窗口如图 3.28 所示。

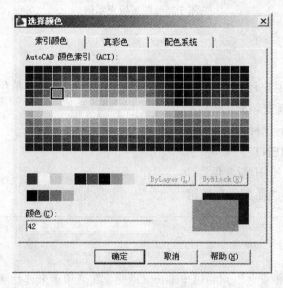

图 3.28 "选择颜色"窗口

双色：在两种颜色之间进行平滑过渡的渐变填充，当选择该选项后会出现"颜色1"、"颜色 2"选框，用户可以在此选择两种颜色进行双色渐变填充，效果如图 3.29所示。

图 3.29　双色渐变填充

（2）方向

控制渐变色的角度。

居中：对称的渐变。

角度：指定渐变填充的旋转角度。

图 3.30 是使用相同的两种颜色对矩形进行对称渐变和直线渐变填充的效果。

图 3.30　对称和直线渐变

3.1.7　面域

面域是由封闭区域所形成的二维实体对象。在实际工作中，由于面域可以进行布尔运算，因此，常利用面域制作出一些复杂的图形。

1. 使用"面域"命令创建面域

① 命令：REGION

② 菜单：单击"绘图/面域"

③ 工具栏：单击"面域"按钮

命令及提示：

命令: _region

选择对象：　　　选取要创建为面域的对象

选择对象：找到 1 个

选择对象：找到 1 个，总计 2 个

选择对象：　　　按 Enter 键结束选择

已提取 2 个环

已创建 2 个面域

2. 使用"边界"命令（BOUNDARY）创建面域

使用该命令可将闭合区域创建为面域或多段线的边界。

命令的调用方式如下。

① 命令：BOUNDARY

② 菜单：单击"绘图/边界"

执行"边界"命令后弹出如图 3.31 所示的"边界创建"对话框。

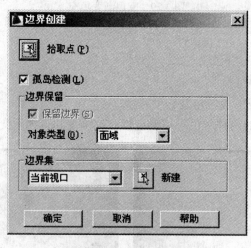

图 3.31 "边界创建"对话框

"边界创建"对话框中各选项的功能如下。

"拾取点"按钮：指定闭合区域内的定点来确定对象的边界。

孤岛检测：控制 BOUNDARY 是否检测内部闭合边界，该边界成为孤岛。

对象类型：此下拉列表框中控制新边界对象的类型，其类型包括"面域"和"多段线"。

边界集：设置 BOUNDARY 根据指定点定义边界时所要分析的对象集。

当前视口：根据当前视口范围中的所有对象定义边界集。

新建：提示用户选择用来定义边界集的对象。

命令及提示：

命令: _boundary

选择对象: 选取要创建为面域的对象

选择对象: 指定对角点: 找到 5 个

正在分析所选数据...

拾取内部点:

正在分析内部孤岛...

拾取内部点:

已提取 1 个环

已创建 1 个面域

BOUNDARY 已创建 1 个面域

3.1.8　面域的组合

用户可以应用布尔运算来对多个面域进行并集、交集、差集操作，从而创建新的面域。使用该项操作需要预先将普通闭合图形转化为面域，方可执行以下操作。

1．并集 ⑩

并集是将两个或两个以上的面域进行合并。

用户可用以下 3 种方法启用并集命令。

① 命令：UNION

② 菜单：单击"修改/实体编辑/并集"

③ 工具栏：单击"实体编辑"工具栏中的"并集"按钮

按以下命令操作步骤可将图 3.32 所示的左图合并为右图所示的效果。

命令：_union

选择对象：　选择矩形

选择对象：　选择圆形

按 SPACE 键或按 Enter 键结束后，面域合并在一起

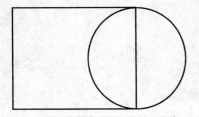

图 3.32　并集

2．交集 ⑩

交集是将两个或两个以上的面域相交的部分保留下来，相交之外的删除，从而创建一个新的面域。

用户可用以下 3 种方法启用交集命令。

① 命令：INTERSECT

② 菜单：单击"修改/实体编辑/交集"

③ 工具栏：单击"实体编辑"工具栏中的"交集"按钮

按以下命令操作步骤可将图 3.33 所示的左图进行相交为右图所示的效果。

命令：_intersect

选择对象：　选取矩形

选择对象：　选取圆

选择对象：按 Enter 键得到右图所示的效果

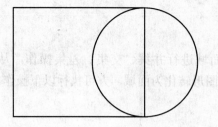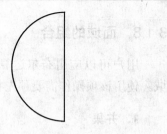

图 3.33　交集

3.差集◎

差集是将两个或两个以上的面域进行相减运算，从而创建一个新的面域。

用户可用以下 3 种方法启用差集命令。

① 命令：SUBTRACT

② 菜单：单击"修改/实体编辑/差集"

③ 工具栏：单击"实体编辑"工具栏中的"差集"按钮

按以下命令操作步骤可将图 3.34 所示的左图进行差集为右图所示的效果。

> 命令:_subtract
>
> 选择要从中减去的实体或面域...
>
> 选择对象：　选取矩形
>
> 选择对象：按 Space 键或 Enter 键结束选择
>
> 选择要减去的实体或面域 ..
>
> 选择对象：　选取圆
>
> 选择对象：按 Space 键或 Enter 键结束选择得到右图所示的效果

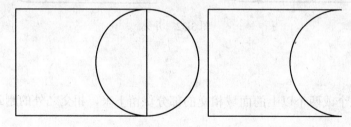

图 3.34　差集

 注意

　　在进行差集运算时，所得到的最终效果与选择被减对象和要减的对象有关。

3.1.9　绘制表格

创建表格对象时，首先创建一个空表格，然后在表格的单元中添加内容。

用户可用以下 3 种方法启用表格命令。

① 命令：TABLE（或 TB）

② 菜单：单击"绘图/表格"

③ 工具栏：单击"绘图"工具栏中的"表格"按钮▦

　　用户执行以上任意一种操作后，就会弹出如图 3.35 所示的"插入表格"对话框。根据自己的需要，在该对话框中设置好相应的参数后单击"确定"按钮，一张新的表格就绘制成功了。

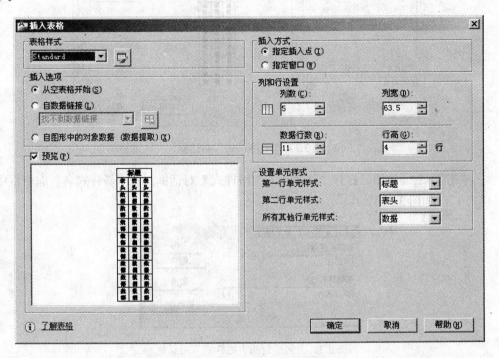

图 3.35　"插入表格"对话框

下面以绘制如图 3.36 所示的表格为例来讲解表格的绘制。

某公司工资表				
月份	人事部	生产部	销售部	企划部
1				
2				
3				
4				
5				

图 3.36　工资表

图 3.36 的绘制步骤如下。

① 选择"绘图/表格"，打开"插入表格"对话框，如图 3.35 所示。

② 在"表格样式"下拉列表中可选择其他表格样式，要创建新的表格样式可单击列表旁的▦按钮，打开"表格样式"对话框，如图 3.37 所示。

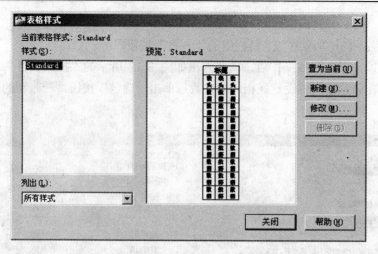

图 3.37　"表格样式"对话框

③ 单击 新建(N)... 按钮，打开"创建新的表格样式"对话框，在"新样式名"编辑框中输入"样式 1"，如图 3.38 所示。

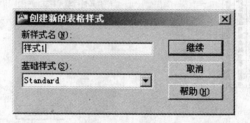

图 3.38　"创建新的表格样式"对话框

④ 单击 继续 按钮，打开"新建表格样式：样式 1"对话框，如图 3.39 所示。

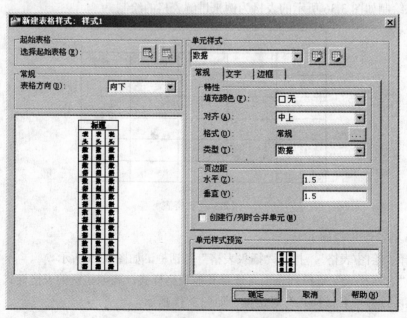

图 3.39　"新建表格样式：样式 1"对话框

⑤ 单击 确定 按钮，返回"表格样式"对话框，在"样式"列表中选中"样式 1"，再单击 置为当前⑪ 按钮，将该表格样式设置为当前表格样式，如图 3.40 所示。

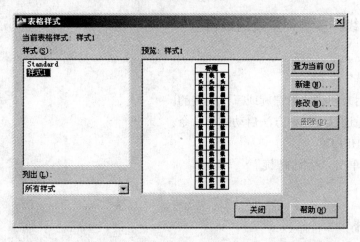

图 3.40　"表格样式"对话框

⑥ 单击 关闭 按钮，返回"插入表格"对话框，在"插入选项"设置区中可以指定插入表格的方式。

⑦ 在"插入方式"设置区中可以指定表格位置。

⑧ 在"列和行设置"区中可根据需要设置表格的列数和行数。在本例中，设置表格"行"为 5，"行高"为 4，"列"为 5，"列宽"为 25。

⑨ 在"设置单元格样式"区中可指定"标题"、"表头"和"数据"单元格样式。

⑩ 单击 确定 按钮，在选定位置单击左键即可插入表格，并进入文字编辑状态，在表格的第一行中输入文字"某公司工资表"，如图 3.41 所示。

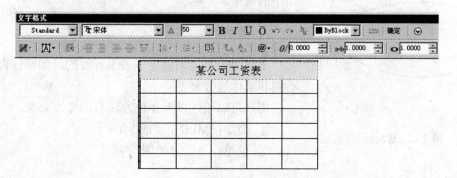

图 3.41　编辑表格中的文字

按 TAB 键或→键，在其他单元格中输入文字，结果如图 3.36 所示。

注意

单元格编号为"行号+列号"，其中行号为 1、2、3 等，列号为 A、B、C 等，C3 指的是列号为 C、行号为 3 的单元格。

在 AutoCAD 2011 的表格中对数据的计算也可以使用公式，方法与 EXCEL 中的公式相似，这里不再介绍。

3.1.10　螺旋线、多线、多线的编辑

1．螺旋线

螺旋线是用来创建二维螺旋或三维弹簧的。

用户可以通过以下 2 种方法启动螺旋命令。

① 命令：HELIX

② 菜单：单击"绘图/螺旋"

命令及提示：

命令: _Helix

圈数 = 3.0000　　　扭曲=CCW

指定底面的中心点：

指定底面半径或 [直径(D)] <747.5037>:

指定顶面半径或 [直径(D)] <943.6099>:

指定螺旋高度或 [轴端点(A)/圈数(T)/圈高(H)/扭曲(W)] <1836.9199>:

参数如下：

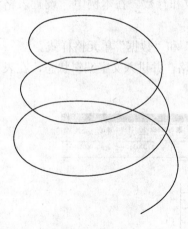

图 3.42　螺旋线

指定底面中心点：指定螺旋线底面的中心点。

指定底面半径：指定螺旋线底面的半径大小。

指定顶面半径：指定螺旋线顶面的半径大小。

按以上步骤操作得出图 3.42 所示的螺旋线在等轴测视图中的效果。

2．多线

多线命令是用来创建多条平行线的，如平行直线、同心圆和墙体线等。

用户可以通过以下 2 种方法启动多线命令。

① 命令：MLINE（或 ML）

② 菜单：单击"绘图/多线"

命令及提示：

命令: _mline

当前设置：对正 = 上，比例 = 20.00，样式 = STANDARD

指定起点或 [对正(J)/比例(S)/样式(ST)]:

指定下一点：

选项参数：

对正：设置多线的对正方式，可从顶端对正、零点对正或底端对正。

比例：设置多线的比例。

样式：选择多线的绘制样式。

　　用户要设置多线样式，可执行"格式/多线样式"，弹出如图 3.43 所示的"多线样式"对话框。

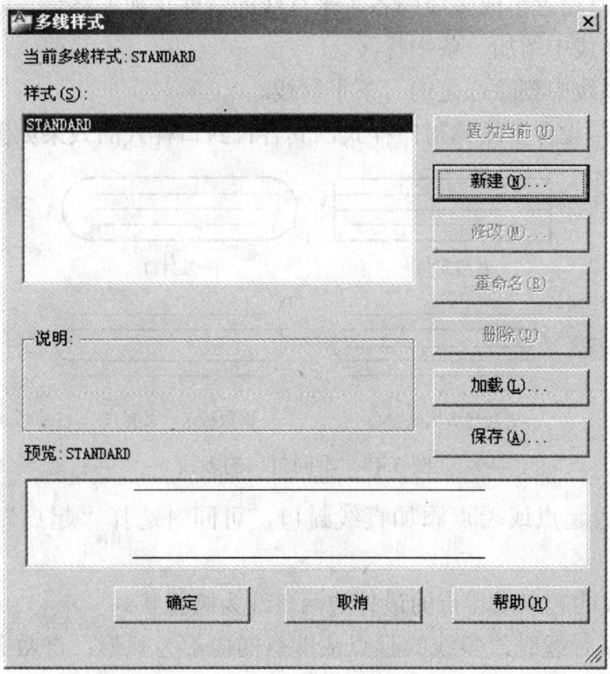

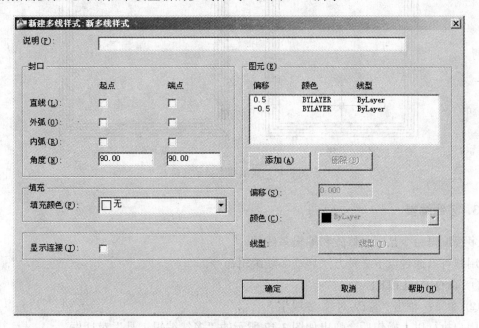

图 3.43　"多线样式"对话框

　　单击 新建(N)... 按钮，在弹出的"创建新的多线样式"对话框中的"样式名"后输入"新多线样式"，再单击 继续 按钮，则弹出"新建多线样式：新多线样式"对话框，用户可根据需要在此对话框中设置新的多线样式，如图 3.44 所示。

图 3.44　"新建多线样式：新多线样式"对话框

在"新建多线样式：新多线样式"对话框中各选项的含义如下。

"说明"文本框：输入新多线样式的说明性文字。

"图元"选项区：设置组成多线的各条平行线的特性，如偏移量、颜色、线型等。

添加：在当前多线中增加一条平行线。

删除：在当前多线中删除选定的一条平行线。

"封口"选项区：设置多线的封口样式，其各种封口样式的效果如图 3.45 所示。

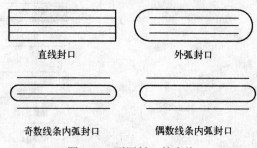

图 3.45   不同封口的多线

直线：在多线的起点或端点添加直线封口，可同时选择"起点"和"端点"两个复选框。

外弧：设置多线的起点或端点的最外边两条线为圆弧状。

内弧：偶数条平行线时，多线的起点或端点的内部为弧形；奇数条平行线时，中心线独立成在，由它两侧的平行线构成内弧。

角度：指定端点的封口角度，其设置范围在 10°～170°。

填充颜色：设置多线的填充颜色。

显示连接：选择该复选框后，在多线的转折处出现交叉线，效果如图 3.46 所示。

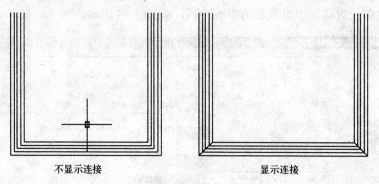

图 3.46   显示和不显示连接

3. 多线编辑

多线编辑命令是用来修改和编辑多线的。

用户可以通过以下 2 种方法启动多线编辑命令。

① 命令：MLEDIT

② 菜单：单击"修改/对象/多线"

用户执行以上操作后会弹出如图 3.47 所示的"多线编辑工具"对话框。

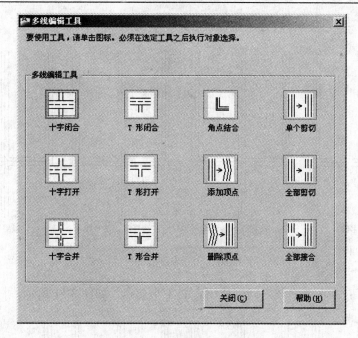

图 3.47　"多线编辑工具"对话框

在"多线编辑工具"对话框中各选项的含义如下。

十字闭合：在两条多线之间创建闭合的十字交点，如图 3.48 所示。

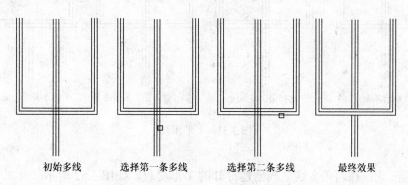

初始多线　　　选择第一条多线　　　选择第二条多线　　　最终效果

图 3.48　十字闭合

十字打开：在两条多线之间创建打开的十字交点，如图 3.49 所示。

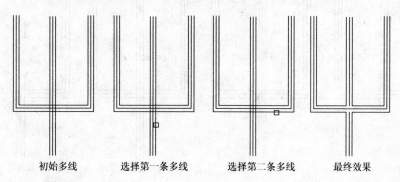

初始多线　　　选择第一条多线　　　选择第二条多线　　　最终效果

图 3.49　十字打开

十字合并 ⊞：在两条多线之间创建合并的十字交点，如图 3.50 所示。

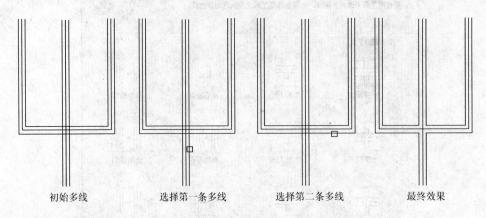

初始多线　　　　选择第一条多线　　　　选择第二条多线　　　　最终效果

图 3.50　十字合并

T 形闭合 ⊤：在两条多线之间创建闭合的 T 形交点，如图 3.51 所示。

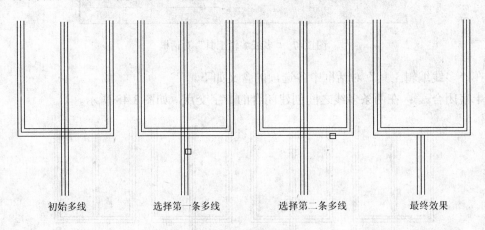

初始多线　　　　选择第一条多线　　　　选择第二条多线　　　　最终效果

图 3.51　T 形闭合

T 形打开 ⊤：在两条多线之间创建打开的 T 形交点，如图 3.52 所示。

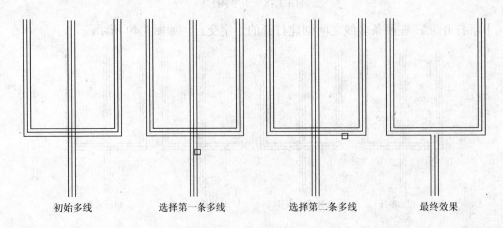

初始多线　　　　选择第一条多线　　　　选择第二条多线　　　　最终效果

图 3.52　T 形打开

T 形合并 ▥：在两条多线之间创建合并的 T 形交点，如图 3.53 所示。

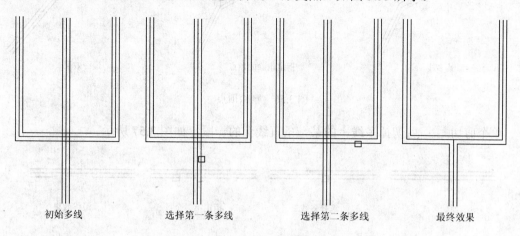

初始多线　　　　　选择第一条多线　　　　选择第二条多线　　　　最终效果

图 3.53　T 形合并

角点结合 ▣：在两条多线间创建角点结合效果，如图 3.54 所示。

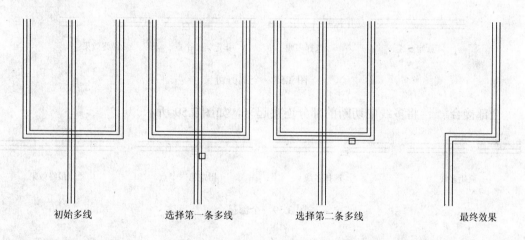

初始多线　　　　　选择第一条多线　　　　选择第二条多线　　　　最终效果

图 3.54　角点结合

添加顶点 ▥：在多线的适当位置添加顶点，以利于编辑，如图 3.55 所示。

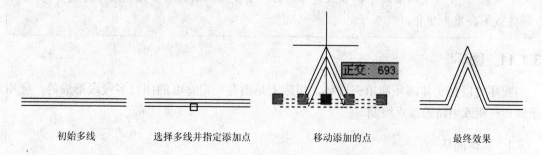

初始多线　　　　选择多线并指定添加点　　　移动添加的点　　　　最终效果

图 3.55　添加并移动顶点

删除顶点 ▥：删除多线上的顶点，如图 3.56 所示。

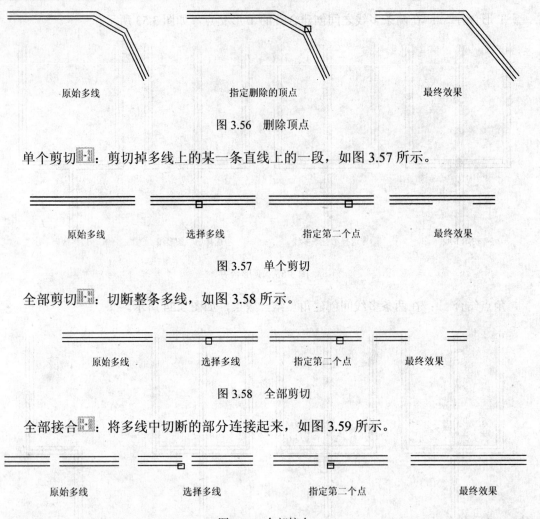

图 3.56　删除顶点

单个剪切 ：剪切掉多线上的某一条直线上的一段，如图 3.57 所示。

原始多线　　　　　　选择多线　　　　　　指定第二个点　　　　　　最终效果

图 3.57　单个剪切

全部剪切 ：切断整条多线，如图 3.58 所示。

原始多线　　　　　　选择多线　　　　　　指定第二个点　　　　　　最终效果

图 3.58　全部剪切

全部接合 ：将多线中切断的部分连接起来，如图 3.59 所示。

原始多线　　　　　　选择多线　　　　　　指定第二个点　　　　　　最终效果

图 3.59　全部接合

 注意

在前 7 个选项的编辑中，如果选择的第一条多线和第二条多线的顺序发生变化，则最终效果会发生变化。

3.1.11　圆环

圆环可以是实体圆环和填充圆环，实际上是由有一定宽度的闭合多段线形成的，应用于圆形柱面或电路的接点绘制。

1．实体圆环

用户可以通过以下 2 种方法启动圆环命令。

① 命令：DONUT（DO）

② 菜单：单击"绘图/圆环"

命令及提示：

命令: _donut

指定圆环的内径 <0.5000>: 0

指定圆环的外径 <1.0000>: 20

指定圆环的中心点或 <退出>:

指定圆环的中心点或 <退出>: *取消*

圆环内径为 0，表示绘制的圆环是实心圆；反之，内径不为 0 则为圆环，一次可绘制多个圆环，如图 3.60 所示。

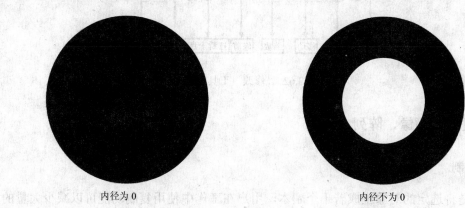

内径为 0　　　　　　　　　　　　内径不为 0

图 3.60　圆环

2. 填充模式

填充模式操作如下：

命令: fill

输入模式 [开(ON)/关(OFF)] <关>:

输入模式为(ON):　　　　填充对象

输入模式为(OFF):　　　　不填充对象

不同模式所产生的效果如图 3.61 所示。

填充模式为（ON）

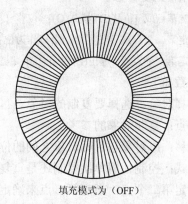

填充模式为（OFF）

图 3.61　填充模式打开与关闭

3.2　基本修改命令

在本节中，我们将具体学习基本修改命令的使用，如复制、镜像、偏移、阵列、修剪、倒角、圆角等。基本修改工具如图 3.62 所示。

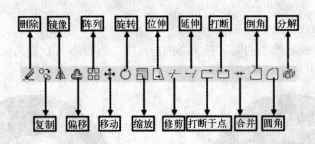

图 3.62　"修改"工具栏

3.2.1　复制、镜像、阵列

1. 复制

复制是将选定的对象生成若干个副本，用户在工作中使用复制功能可以减少大量的重复操作。

用户可用以下 3 种方法启用复制命令。

① 命令：_COPY

② 菜单：单击"修改/复制"

③ 工具栏：单击"复制"按钮

命令及提示：

命令:_copy

选择对象:找到 1 个

选择对象:

当前设置:复制模式 = 多个

指定基点或 [位移(D)/模式(O)] <位移>:

指定第二个点或 <使用第一个点作为位移>:

指定第二个点或 [退出(E)/放弃(U)] <退出>:

参数如下：

选择对象：选择要复制的对象。

基点：复制对象的参考点。

位移：原对象与目标对象之间的位移。

模式：控制使用单次复制还是重复复制。

指定第二个点：指定第二点来确定位移，第一点为基点。

图 3.63 就是将图形从 A 点复制到 B 点前后的效果。

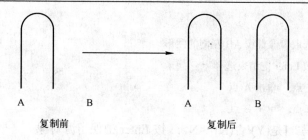

图 3.63　复制对象

上图的操作步骤如下：

命令: _copy

选择对象: 选中整个图形

当前设置: 复制模式 = 多个

指定基点或 [位移(D)/模式(O)] <位移>: 单击 A 点

指定第二个点或 <使用第一个点作为位移>: 单击 B 点

2．镜像

对于对称的图形来讲，可以先绘制一半甚至 1/4，然后再通过镜像命令产生相应的对称部分，大大减轻工作量。

用户可通过以下 3 种方法启用镜像命令。

① 命令：MIRROR

② 菜单：单击"修改/镜像"

③ 工具栏：单击"镜像"按钮

命令及提示：

命令: _mirror

选择对象: 找到 1 个

选择对象:

指定镜像线的第一点:

指定镜像线的第二点:

要删除源对象吗? [是(Y)/否(N)] <N>

参数如下：

选择对象：选择要镜像的对象。

指定镜像线的第一点：指定镜像线上的第一个点

指定镜像线的第二点：指定镜像线上的第二个点

要删除源对象吗? [是(Y)/否(N)] <N>：Y 删除源对象，N 不删除源对象。

图 3.64 是图形镜像前后的效果。

上图的操作步骤如下：

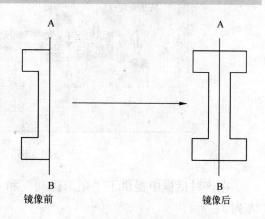

图 3.64　镜像图形

命令: _mirror

选择对象: 选取镜像直线 AB 左侧的图形

选择对象: 按 Enter 键结束选择

指定镜像线的第一点: 单击 A 点

指定镜像线的第二点: 单击 B 点

要删除源对象吗？[是(Y)/否(N)] <N>: 按 Enter 键保留源对象

 注意

  镜像线是一条辅助线，命令执行完毕后看不见该辅助线；镜像线可以是水平线、垂线，也可以是一条任意角度的辅助线。

3. 阵列

阵列用于快速准确地复制呈规则分布的图形，在实际工作中应用此功能可以提高工作效率。

启用阵列命令有以下 3 种方法。

① 命令：ARRAY

② 菜单：单击"修改/阵列"

③ 工具栏：单击"修改/阵列"按钮

执行阵列命令将弹出图 3.65 所示的"阵列"对话框。

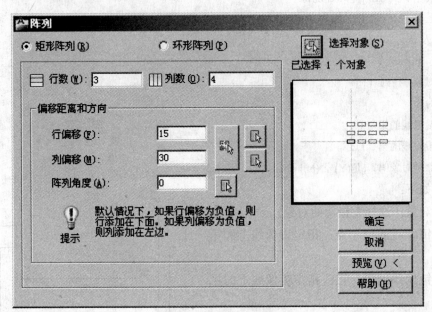

图 3.65 "阵列"对话框

在该对话框中提供了"矩形阵列"和"环形阵列"两种阵列方式，系统默认为矩形阵列。

"矩形阵列"参数如下：

选择对象：单击该按钮后，用户可在屏幕上选择要阵列的图形对象以及文字。

行：阵列的行数

列：阵列的列数

行偏移：行与行之间的距离

列偏移：列与列之间的距离

阵列角度：设置阵列的旋转角度，默认是 0，即和 UCS 的 X 和 Y 平行。

预览：预览设定效果。

图 3.66 是进行矩形阵列前后的效果，其参数设置如图 3.65 所示。

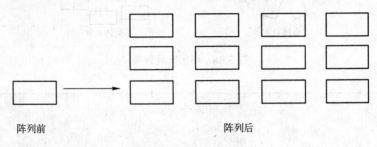

阵列前　　　　　　　　　　　　　　　　　　阵列后

图 3.66　阵列效果

"环形阵列"对话框如图 3.67 所示。

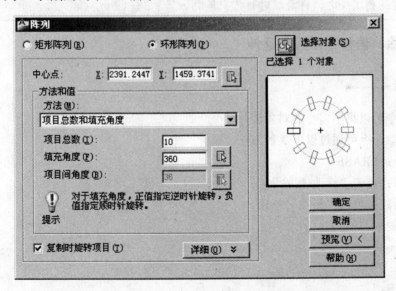

图 3.67　"环形阵列"对话框

"环形阵列"参数如下：

选择对象：单击该按钮后，用户可在屏幕上选择要阵列的图形对象以及文字。

中心点：设定环形阵列的中心。

方法：提供了"项目总数和填充角度"、"项目总数和项目间角度"、"填充角度和项目间角度"3 个选项。

项目总数：阵列结果的总个数。

填充角度：定义阵列结果第 1 个和最后一个元素之间的夹角。

项目间角度：定义相邻元素间的夹角。

复制时旋转项目：阵列的同时将对象旋转。

环形阵列的效果如图 3.68 所示，参数如图 3.67 所示。

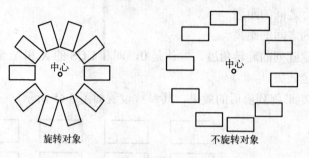

图 3.68　环形阵列效果

 注意

　　行偏移、列偏移和阵列角度的值的正负性将影响最终的阵列方向。行偏移和列偏移为正值将使阵列沿 X 轴或 Y 轴的正方向阵列复制对象，否则为负方向；阵列角度为正值则沿逆时针方向阵列，反之，将沿顺时针方向阵列。

3.2.2　删除、偏移、修剪、延伸

1. 删除

删除命令可以将不需要的对象清除。

启动删除命令可通过以下 3 种方法。

① 命令：ERASE

② 菜单：单击"修改/删除"

③ 工具栏：单击"删除"按钮

命令及提示：

命令：_erase

选择对象：

参数如下：

选择对象：选择要删除的对象。

 注意

　　如果选中对象时显示了夹点，也可以通过按键盘上的 Delete 键来删除用户所选中的对象。

2．偏移

偏移命令是将现有对象按指定的距离创建平行移动且达到复制对象的目的。使用偏移命令可以创建平行线、平行弧线、平行样条曲线以及同心圆等。

启动偏移命令可通过以下 3 种方法。

① 命令：OFFSET（O）

② 菜单：单击"修改/偏移"

③ 工具栏：单击"偏移"按钮

命令提示：

命令: _offset

指定偏移距离或 [通过(T)/删除(E)/图层(L)] <通过>:　20

选择要偏移的对象，或 [退出(E)/放弃(U)] <退出>:

指定要偏移的那一侧上的点，或 [退出(E)/多个(M)/放弃(U)] <退出>:

选择要偏移的对象，或 [退出(E)/放弃(U)] <退出>:

参数如下：

指定偏移距离：确定偏移量。

选择要偏移的对象：选取要偏移复制的对象。

指定要偏移的那一侧上的点：确定复制后的对象位于原对象的哪一侧。

选择要偏移的对象：继续选择对象或按 Enter 键退出。

偏移效果如图 3.69 所示。

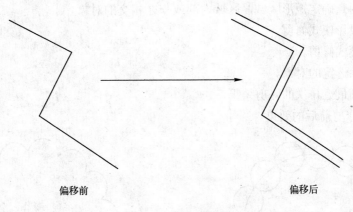

偏移前　　　　　　　　　　　　　　　　偏移后

图 3.69　偏移多段线

 注意

偏移时只能选择直线、圆、圆弧、多段线、椭圆、椭圆弧、曲线和多边形，不能偏移文本、图块等。

3. 修剪

在编辑图形的过程当中，用户可以用修剪命令将超过某一边界的部分修剪掉，以便使图形精确相交。

启动修剪命令可以通过以下 3 种方法。

① 命令：TRIM

② 菜单：单击"修改/修剪"

③ 工具栏：单击"修剪"按钮

命令提示：

命令: _trim

当前设置:投影=UCS，边=无

选择剪切边...

选择对象:

选择对象:

选择要修剪的对象，或按住 Shift 键选择要延伸的对象，或[栏选(F)/窗交(C)/投影(P)/边(E)/删除(R)/放弃(U)]:

参数如下：

选择剪切边：选择作为修剪边界的对象。

选择要修剪的对象：选择欲修剪的对象。

按住 Shift 键选择要延伸的对象：按住 Shift 键选择对象，此时为延伸。

栏选：选择与选择栏相交的所有对象，且出现栏选提示。

窗交：由两点确定矩形区域，区域内部或与之相交的对象。

投影：按投影模式修剪。

边：按边模式修剪。

删除：删除选定的对象。

放弃：撤销最近一次的修剪效果。

图 3.70 是修剪前后的效果。

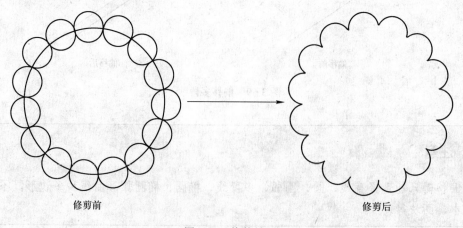

修剪前　　　　　　　　　　　　　　　　　修剪后

图 3.70　修剪效果

注意

　　修剪图形时的最后一段或单独的一段是无法修剪的，可以使用删除命令进行删除；修剪边界和修剪对象可以是同一对象；当提示选择修剪边界时，为了操作方便可以一次性将所有对象都作为修剪边界选中，不必一条一条地选。

4．延伸

延伸命令可以把指定对象延伸到与另一对象精确相交。

启动延伸命令可通过以下 3 种方法。

① 命令：EXTEND

② 菜单：单击"修改/延伸"

③ 工具栏：单击"延伸"按钮

命令提示：

命令: _extend

当前设置:投影=UCS，边=无

选择边界的边...

选择对象或 <全部选择>：找到 1 个

选择对象:

选择要延伸的对象，或按住 Shift 键选择要修剪的对象，或[栏选(F)/窗交(C)/投影(P)/边(E)/放弃(U)]:

参数如下：

选择对象或 <全部选择>：选择要作为延伸边界的对象。

选择要延伸的对象：选择欲延伸的对象。

按住 Shift 键选择要修剪的对象：按住 Shift 键选择对象，此时为修剪。

图 3.71 是延伸前后的效果。

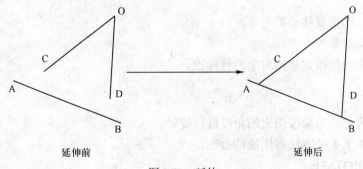

延伸前　　　　　　　　　　　　延伸后

图 3.71　延伸

其操作步骤如下：

命令: _extend

当前设置:投影=UCS，边=无

选择边界的边...　单击线段 AB

选择对象或 <全部选择>：找到 1 个

选择对象：

选择要延伸的对象，或按住 Shift 键选择要修剪的对象，或[栏选(F)/窗交(C)/投影(P)/边(E)/放弃(U)]:
　　单击 OC 和 OD 线段

 注意

　　选择延伸对象时的拾取点确定了延伸的方向，延伸效果将发生在拾取点的一侧；延伸和修剪一样，延伸边界和延伸对象可以是同一个对象。

3.2.3　移动、旋转、缩放

1. 移动

移动是将选定的对象从一个位置移动到另一个位置。

用户可用以下 3 种方法启用移动命令。

① 命令：_MOVE

② 菜单：单击"修改/移动"

③ 工具栏：单击"移动"按钮

命令及提示：

命令: _move

选择对象: 找到 1 个

选择对象:

指定基点或 [位移(D)] <位移>:

正在恢复执行 MOVE 命令。

指定基点或 [位移(D)] <位移>:

指定第二个点:

参数如下：

选择对象：选择要移动的对象。

基点：移动对象的参考点。

指定第二个点：指定被移对象的目标点。

2. 旋转

旋转是将选定的对象按指定的角度进行旋转。

用户可用以下 3 种方法启用旋转命令。

① 命令：ROTATE

② 菜单：单击"修改/旋转"

③ 工具栏：单击"旋转"按钮

命令及提示：

命令: _rotate

UCS 当前的正角方向:　ANGDIR=逆时针　ANGBASE=0

选择对象: 找到 1 个

选择对象:

指定基点:

指定旋转角度，或 [复制(C)/参照(R)] <0>:　30

图 3.72 就是将矩形以 A 点为基点旋转 30°的效果。

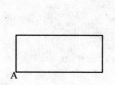 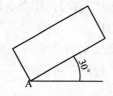

图 3.72　旋转

参数如下：

选择对象：选择要旋转的对象。

基点：旋转对象的参考点。

角度：指定旋转角度。

复制：旋转的同时进行复制。

参照：指定参照角度。

3．缩放

缩放是将选定的对象按指定的比例因子改变尺寸大小，比例因子大于 1 是放大，反之是缩小。

用户可用以下 3 种方法启用缩放命令。

① 命令：_SCALE

② 菜单：单击"修改/缩放"

③ 工具栏：单击"缩放"按钮

命令及提示：

命令:_scale

选择对象:　　　选取半径为 300 的圆

选择对象:　　　按 Enter 键结束对象选取

指定基点:　　　指定缩放的基点

指定比例因子或 [复制(C)/参照(R)]: 0.5

图 3.73 是将半径为 300 的圆以圆心为基点按 0.5 的比例因子缩放的效果，其操作步骤如以上的命令及提示。

缩放前　　　　　　　　　　　缩放后

图 3.73　缩放图形

3.2.4　拉伸、打断于点、打断

1. 拉伸

移动拉伸窗交窗口部分对象。

用户可用以下 3 种方法启用拉伸命令。

① 命令：STRETCH

② 菜单：单击"修改/拉伸"

③ 工具栏：单击"拉伸"按钮

命令及提示：

命令：_stretch

以交叉窗口或交叉多边形选择要拉伸的对象...

选择对象：指定对角点：找到 3 个

选择对象：

指定基点或 [位移(D)] <位移>：

指定第二个点或 <使用第一个点作为位移>：

图 3.74 是将图形进行拉伸的效果。

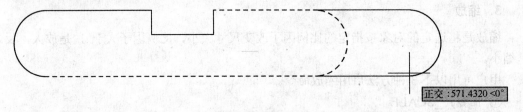

正交 : 571.4320 <0°>

图 3.74　拉伸图形

2. 打断于点

将直线、构造线、圆等从指定的点进行断开。

用户可用以下 2 种方法启用打断于点命令。

① 命令：BREAK

② 工具栏：单击"打断于点"按钮

命令及提示：

命令：_break

选择对象：

指定第二个打断点 或 [第一点(F)]：_f

指定第一个打断点：

指定第二个打断点：

3. 打断

将对象上指定的两个点之间的部分断开，从而使原对象分为两个对象。

用户可用以下 3 种方法启用打断命令。

① 命令：BREAK

② 菜单：单击"修改/打断"

③ 工具栏：单击"打断"按钮

命令及提示：

命令: _break

选择对象:

指定第二个打断点 或 [第一点(F)]: _f

指定第一个打断点: 捕捉点 1

指定第二个打断点: 捕捉点 2

按以上操作将直线从点 1 和点 2 打断的效果如图 3.75 所示。

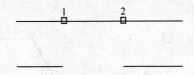

图 3.75　打断直线

3.2.5　合并、分解、拉长

1. 合并

合并两个相似对象以形成一个完整的对象。

用户可用以下 3 种方法启用合并命令。

① 命令：JOIN

② 菜单：单击"修改/合并"

③ 工具栏：单击"合并"按钮

命令及提示：

命令: _join

选择源对象:　选择直线 1

选择要合并到源的直线:　找到 1 个

选择要合并到源的直线:　　选择直线 2

已将 1 条直线合并到源

图 3.76 是将线 1 和线 2 进行合并的效果（操作步骤如以上提示）。

图 3.76　合并直线

2. 分解

将复合对象分解为部件对象。

用户可用以下 3 种方法启用分解命令。

① 命令：EXPLODE

② 菜单：单击"修改/分解"

③ 工具栏：单击"分解"按钮

命令及提示：

命令: _explode

选择对象: 找到 1 个

选择对象:

图 3.77 是分解前后的效果。

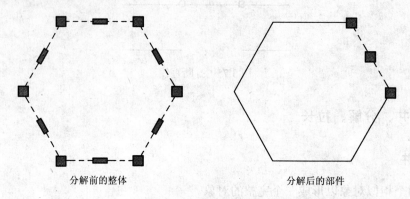

分解前的整体   分解后的部件

图 3.77   分解正六边形

3. 拉长

拉长选定的直线等。

用户可用以下 2 种方法启用拉长命令。

① 命令：_LENGTHEN

② 菜单：单击"修改/拉长"

命令及提示：

命令: _lengthen

选择对象或 [增量(DE)/百分数(P)/全部(T)/动态(DY)]:

参数如下：

增量：通过指定增加的长度来拉长对象。

百分数：通过指定百分比的方式来拉长对象。

全部：通过指定对象的全部长度来拉长对象。

动态：自由拉长。

图 3.78 是通过增量的方式来拉长直线的效果。

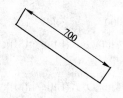 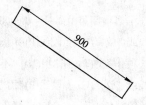

图 3.78　拉长直线

上图的操作步骤如下：

命令: _lengthen

选择对象或 [增量(DE)/百分数(P)/全部(T)/动态(DY)]:　　选择长为 700 的直线

当前长度: 700.0000

选择对象或 [增量(DE)/百分数(P)/全部(T)/动态(DY)]: de

输入长度增量或 [角度(A)] <0.0000>: 200

选择要修改的对象或 [放弃(U)]:　　　　选择长为 700 的直线

3.2.6　倒角、圆角

1. 倒角

给对象加倒角效果，即由原来的一个角增加到两个角。

用户可用以下 3 种方法启用倒角命令。

① 命令：CHAMFER

② 菜单：单击"修改/倒角"

③ 工具栏：单击"倒角"按钮

命令及提示：

命令: _chamfer

("修剪"模式) 当前倒角距离 1 = 1.0000，距离 2 = 2.0000

选择第一条直线或 [放弃(U)/多段线(P)/距离(D)/角度(A)/修剪(T)/方式(E)/多个(M)]:　d

指定 第一个 倒角距离 <1.0000>: 25

指定 第二个 倒角距离 <10.0000>: 25

选择第一条直线或 [放弃(U)/多段线(P)/距离(D)/角度(A)/修剪(T)/方式(E)/多个(M)]:

选择第二条直线，或按住 Shift 键选择要应用角点的直线:

参数如下：

放弃：恢复在命令中执行的上一个操作。

多段线：对二维多段线的各个顶点同时进行倒角，当线段长度小于倒角距离时，则不作倒角，如图 3.79 中的顶点 A 所示（操作步骤如以上命令提示）。

距离：设置角点两边的倒角长度。

角度：通过指定角度进行倒角。

执行以下"角度"参数会得出如图 3.80 所示的效果。

命令: _chamfer

("不修剪"模式) 当前倒角距离 1 = 0.0000，距离 2 = 0.0000

选择第一条直线或 [放弃(U)/多段线(P)/距离(D)/角度(A)/修剪(T)/方式(E)/多个(M)]: t

输入修剪模式选项 [修剪(T)/不修剪(N)] <不修剪>: t

选择第一条直线或 [放弃(U)/多段线(P)/距离(D)/角度(A)/修剪(T)/方式(E)/多个(M)]: a

指定第一条直线的倒角长度 <0.0000>: 10

指定第一条直线的倒角角度 <0>: 45

选择第一条直线或 [放弃(U)/多段线(P)/距离(D)/角度(A)/修剪(T)/方式(E)/多个(M)]:

选择第二条直线，或按住 Shift 键选择要应用角点的直线:

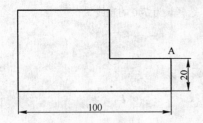
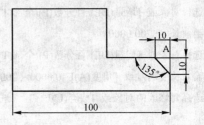

图 3.79　线段长度小于倒角距离不作倒角　　　　　图 3.80　倒角效果

修剪：默认倒角为修剪模式，执行该参数后的提示为

输入修剪模式选项 [修剪(T)/不修剪(N)] <修剪>: N

如果改为不修剪（NO），倒角时会保留原线段。

方式：选定倒角的方法。

多个：连续对多个角进行倒角处理。

2．圆角

给对象加圆角效果。

用户可用以下 3 种方法启用圆角命令。

① 命令：FILLET

② 菜单：单击"修改/圆角"

③ 工具栏：单击"圆角"按钮

命令及提示：

命令: _fillet

当前设置: 模式 = 修剪, 半径 = 0.0000

选择第一个对象或 [放弃(U)/多段线(P)/半径(R)/修剪(T)/多个(M)]: r

指定圆角半径 <0.0000>: 20

选择第一个对象或 [放弃(U)/多段线(P)/半径(R)/修剪(T)/多个(M)]:

选择第二个对象，或按住 Shift 键选择要应用角点的对象:

参数如下：

放弃：恢复在命令中执行的上一个操作。

多段线：对二维多段线进行倒圆角。

半径：通过指定半径的方式进行倒圆角。

修剪：若在此选"不修剪"，则在倒圆角时会保留原对象。

多个：连续倒多个圆角。

用户按命令提示操作可得出图 3.81 所示的效果。

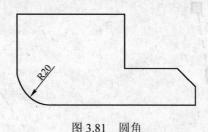

图 3.81　圆角

3.3　夹　点　编　辑

夹点编辑是一种集成的编辑模式，它为用户提供了一种方便快捷的编辑操作途径。选中对象时，在对象上显示出的蓝色小方框即称之为夹点，如图 3.82 所示。

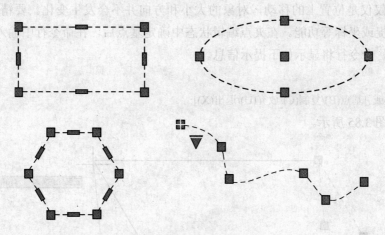

图 3.82　夹点

3.3.1　利用夹点拉伸对象

在不执行任何命令的情况下选择对象，显示其夹点，再单击其中一个夹点，则进入编辑状态，如图 3.83 所示。此时 AutoCAD 自动将其作为拉伸的基点，进入"拉伸"编辑模式，且命令行会出现如下提示。

** 拉伸 **

指定拉伸点或 [基点(B)/复制(C)/放弃(U)/退出(X)]:

参数如下：

基点：确定拉伸的基点位置。

复制：允许确定一系列的拉伸点，以实现多次拉伸。

放弃：取消一次操作。

退出：退出当前的操作。

利用夹点拉伸的效果如图 3.84 所示。

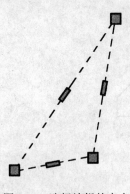
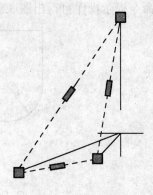

图 3.83　选择编辑的夹点　　　　　　　图 3.84　拉伸夹点

3.3.2　利用夹点移动对象

移动对象仅仅是位置上的移动，对象的大小和方向并不会发生变化。要精确的移动对象可以使用捕捉或坐标等功能。在夹点编辑状态中确定基点后，在命令行中输入 MO 进入夹点移动模式，命令行将显示如下提示信息。

**　** 移动 ****

指定移动点或 [基点(B)/复制(C)/放弃(U)/退出(X)]:

其效果如图 3.85 所示。

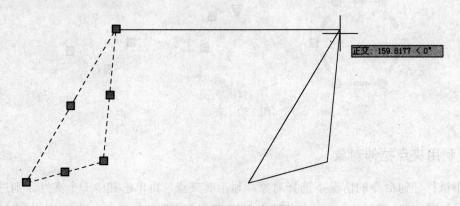

图 3.85　利用夹点移动图形

3.3.3　利用夹点旋转对象

在夹点编辑状态中，确定基点后，在命令行提示下输入 RO 进入旋转模式，命令行会出现如下提示。

**　** 旋转 ****

指定旋转角度或 [基点(B)/复制(C)/放弃(U)/参照(R)/退出(X)]:

其旋转效果如图 3.86 所示。

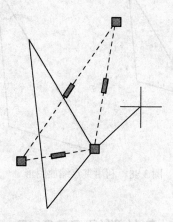

图 3.86　利用夹点旋转图形

3.3.4　利用夹点镜像对象

与"镜像"命令的功能类似，在夹点编辑状态中确定基点后在命令行提示下输入 MI 进入镜像模式，命令行将出现如下提示信息。

**　** 镜像 ****

指定第二点或 [基点(B)/复制(C)/放弃(U)/退出(X)]:

镜像效果如图 3.87 所示。

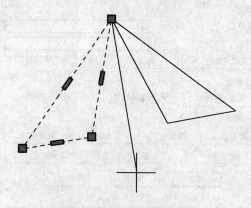

图 3.87　利用夹点镜像图形

3.3.5　利用夹点缩放对象

在夹点编辑状态中确定基点后，在命令行中输入 SC 进入缩放模式，命令行将出现如下提示信息。

**　** 比例缩放 ****

指定比例因子或 [基点(B)/复制(C)/放弃(U)/参照(R)/退出(X)]:

图 3.88 是将原三角形按 1.5 的比例因子缩放的效果。

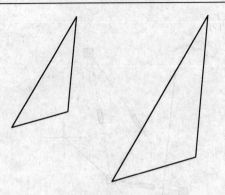

图 3.88 　利用夹点缩放图形

3.4　对象的群组 GROUP（G）

对象群组是指将两个或两个以上的图形对象组合在一起，通常也称"对象编组"，编组后可同时改变该组中所有对象的颜色、线宽等，这样方便管理和编辑。执行编组命令后会弹出如图 3.89 所示的"对象编组"对话框。

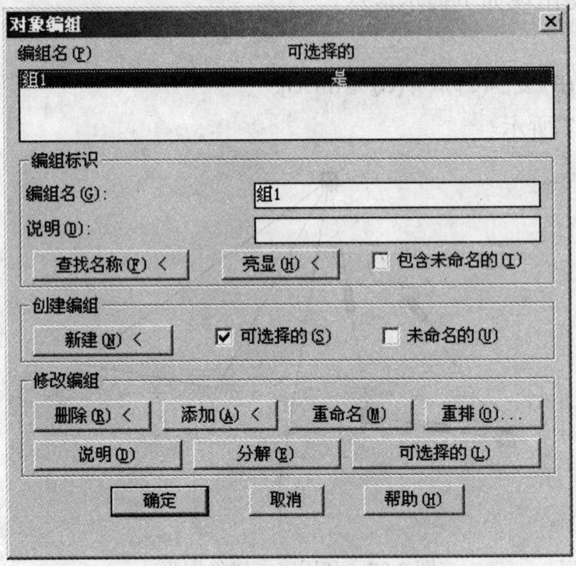

图 3.89　"对象编组"对话框

"对象编组"对话框中的各选项含义如下。

编组名：显示现有编组的名称。

可选择的：指定编组是否可选择。如果某个编组为可选择编组，则选择该编组中的一个对象将会选择整个编组。不能选择锁定或冻结图层上的对象。如果将 PICKSTYLE 系统变量设为 0，则没有可选择编组。

编组标识：显示在"编组名"列表中选定的编组的名称及其说明。

编组名：指定编组名。编组名最多可以包含 31 个字符，可用字符包括字母、数字和特殊符号（美元符号[$]、连字号[-]和下划线[_]），但不包括空格。名称将转换为大写字符。

说明：为组设置注释说明文字。

查找名称：查找对象所属的编组，将显示"编组成员列表"对话框，其中显示了对象所属的编组。

亮显：显示绘图区域中选定编组的成员。

包括未命名的：指定是否列出未命名编组。当不选择此选项时，只显示已命名的编组。

新建：通过选定对象，使用"编组名"和"说明"下的名称和说明创建新编组。

可选：指出新编组是否可选择。

未命名的：指示新编组未命名。将为未命名的编组指定默认名称 *An。其中 n 随着创建新编组的数目增加而递增。

删除：从选定编组中删除对象。要使用此选项，请不要选择"可选择的"选项。即使删除了编组中的所有对象，编组定义依然存在。可以使用"分解"选项从图形中删除编组定义。

注意

如果从编组中删除了对象，然后又在同一个绘图任务中将其添加回该编组中，将使其返回到编组原先的编号位置。

添加：将对象添加至选定编组中。

重命名：将选定编组重命名为在"编组标识"下的"编组名"框中输入的名称。

重排序：显示"编组排序"对话框，从中可以更改选定编组中对象的编号次序，将按编组时选择对象的顺序排序对象。当创建工具路径时重排是很有用的。例如，可以更改工具路径图案的水平线和垂直线的剪切次序；可以更改单独编组成员或范围编组成员的编号位置；也可以逆序重排编组中的所有成员。编组中的第一个对象编号为 0 而不是 1。

说明：将选定编组的说明更新为"说明"中输入的名称。"说明"名称最多可以使用 64 个字符。

分解：删除选定编组的定义。编组中的对象仍保留在图形中。

可选择的：指定编组是否可选择。

下面以创建图 3.90 所示的编组为例来说明编组的步骤。

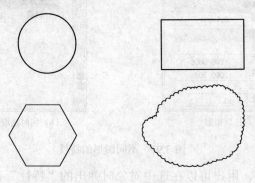

图 3.90 编组

① 在命令行执行 GROUP 编组命令，弹出"对象编组"对话框。

② 在"对象编组"对话框中的"编组名"文本框中输入名称"组 1"，再单击"新建"按钮，系统自动暂时关闭对话框。

③ 命令行会出现如下提示：

命令: group 选择要编组的对象:

选择要编组的对象:

④ 用户选中需要编组的图形对象并单击鼠标右键确认，系统会再次返回到"对象编组"对话框中，单击"确定"按钮即可。

3.5 对 象 特 性

对象特性（PROPERTIES）用于编辑对象的图层、颜色、线型、线宽、标高、比例等特性。

用户可以通过以下 3 种方法启动特性命令。

① 命令：PROPERTIES

② 菜单：单击"修改/特性"

③ 工具栏：单击"标准注释"/圕 按钮

当用户选择一个对象时，在"特性"窗口显示该对象的详细属性；如果选取的是多个对象，在"特性"窗口中只显示它们的共同属性。例如，在只选择矩形和同时选取矩形与圆时，"特性"窗口所显示的内容是不相同的，如图 3.91 所示。

(a) 只选取矩形　　　　　　　　　　(b) 同时选取矩形与圆

图 3.91　不同图形的特性

要修改对象的特性，用户可以在选中对象时弹出的"特性"窗口中选中某一选项，再单击其下拉三角形图标▼进行修改即可。

注意

　　"对象特性"的组合键为 CTRL+1，用户也可以通过选中对象再单击鼠标右键，在弹出的快捷菜单中选择"特性"即可。

3.6　特　性　匹　配

　　特性匹配命令（MATCHPROP）用于将特性复制给目标对象。可复制对象的特性主要有线型、线宽、颜色、厚度等。

　　用户可以通过以下 2 种方法启动特性匹配命令。

　　① 命令：MATCHPROP（MA）

　　② 菜单：单击"修改/特性匹配"

　　例：使用"特性匹配"命令将图 3.92 中的 A 图的特性复制给 B 图，结果如 C 图，其操作步骤如下。

图 3.92　复制特性

　　① 在命令行执行 MA 命令。

　　② 命令行会出现如下提示：

选择源对象：

　　③ 单击 A 图，会出现如下提示：

选择目标对象[设置(S)]:

　　④ 输入 S 进行设置，弹出"特性设置"对话框，如图 3.93 所示。

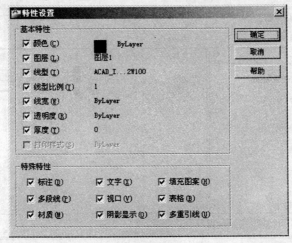

图 3.93　"特性设置"对话框

⑤ 在"特性设置"对话框中将要复制的特性名称勾选并单击"确定"按钮即可。命令行会出现如下提示。

选择目标对象[设置(S)]:

⑥ 单击 B 图即可。

3.7 示例——支架平面图形的绘制

在本节中，主要以支架图的绘制来引导读者运用前面介绍的知识点来快速完成一幅作品。图形如图 3.94 所示。

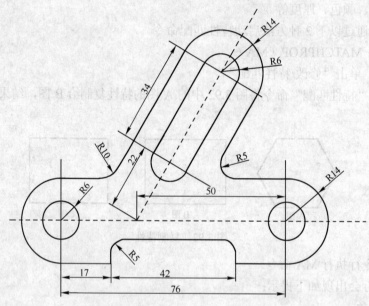

图 3.94 支架平面图

步骤如下：

① 根据需要，在"图层特性管理器"对话框中设置好图层，如图 3.95 所示。

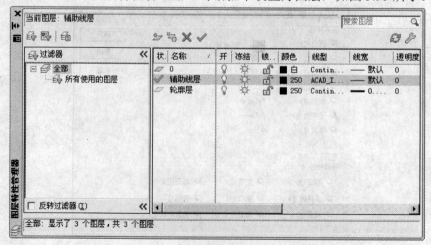

图 3.95 "图层特性管理器"对话框

② 根据前面所介绍的知识应用直线绘制好 A、B 辅助线，再使用偏移功能绘制其他两条垂直辅助线，如图 3.96 所示。

③ 以交点 C 为基点绘制一条与线 A 成 60°夹角且长度为 80 的辅助线以及其他辅助线，如图 3.97 所示。

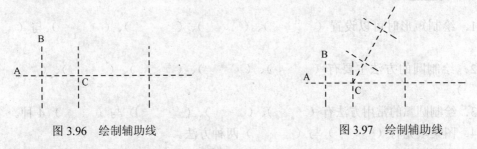

图 3.96　绘制辅助线　　　　　　　　　　图 3.97　绘制辅助线

④ 切换到轮廓层上，绘制半径为 6 和 14 的圆，如图 3.98 所示。

⑤ 使用直线和偏移命令绘制其他直线，如图 3.99 所示。

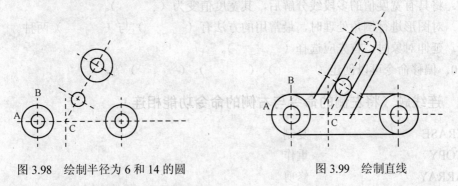

图 3.98　绘制半径为 6 和 14 的圆　　　　　　图 3.99　绘制直线

⑥ 使用修剪和圆角命令将其编辑为如图 3.100 所示的图形。

⑦ 使用矩形工具在底边直线的正中绘制长为 42、宽为 8 的矩形，并进行圆角和修剪处理，如图 3.101 所示。

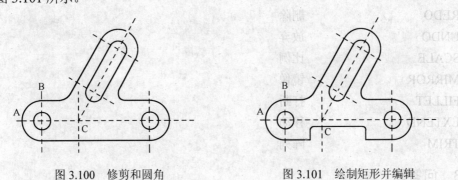

图 3.100　修剪和圆角　　　　　　　　　图 3.101　绘制矩形并编辑

3.8　小　　结

通过本章的学习，读者应掌握在 AutoCAD 中基本绘图命令、编辑命令的使用方法和技巧，并且能够自己使用这些命令更加快速地绘制出复杂的图形。

3.9 习　　题

3.9.1　填空题

1．绘制矩形时可以设置（　　　　）、（　　　　）、（　　　　）、（　　　　）与（　　　　）参数。

2．绘制圆的方法主要有（　　　　）、（　　　　）、（　　　　）、（　　　　）、（　　　　）与（　　　　）。

3．绘制圆弧的常用方法有（　　　　）、（　　　　）、（　　　　）与（　　　　）4种。

4．图案填充有（　　　　）与（　　　　）两种方法。

5．阵列图形有（　　　　）与（　　　　）两种方法。

6．在执行镜像操作时，选择对象后应确定（　　　　）。

7．将具有宽度值的多段线分解后，其宽度值变为（　　　　）。

8．对图形进行倒角处理时，最常用的方法有（　　　　）与（　　　　）两种。

9．延伸对象时，首先应选择（　　　　）。

10．偏移命令可以创建（　　　　）、（　　　　）、（　　　　）等。

3.9.2　连线题（将左侧的命令与右侧的命令功能相连）

ERASE　　　　　　　　复制
COPY　　　　　　　　重作
ARRAY　　　　　　　修剪
MOVE　　　　　　　延伸
BREAK　　　　　　　倒角
CHAMFER　　　　　　圆角
REDO　　　　　　　　删除
UNDO　　　　　　　放弃
SCALE　　　　　　　比例
MIRROR　　　　　　镜像
FILLET　　　　　　　打断
EXTEND　　　　　　移动
TRIM　　　　　　　阵列

3.9.3　问答题

1．执行阵列操作时，可以创建哪两种阵列？分别可以设置哪些参数？

2．对对象进行倒角和圆角处理时，可以分别设置哪些参数？

3.9.4　操作题

1．按照本章所介绍的步骤完成各例题。

2. 绘制出如下图所示的图形。

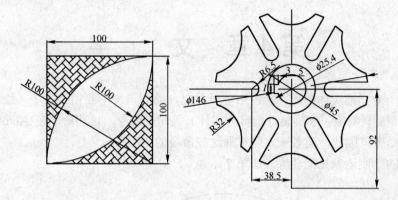

第 4 章 文　字

下图是一个三维实体图形，从图中可以看出，绘制该图形要用到直线（绘制旋转轴）、多段线（绘制旋转对象）和旋转（旋转为实体）等相关命令，这些命令在 AutoCAD 绘图中是很重要的命令，因此，读者一定要掌握这些命令的应用。

此图形的绘制请参见配套练习册第 7 章。

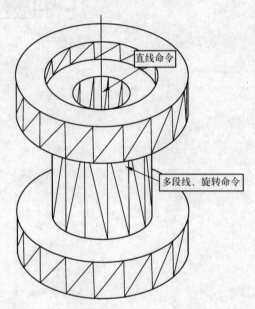

直线命令

多段线、旋转命令

本章知识点

本章重点介绍文字样式的设置、文字的输入和文字的修改等。在输入文字前，首先应当定义好文字样式，这样做有两个好处：一是可以规范文字；其次是便于将来修改，以后只要修改了文字样式，图形中的文字就会自动更新。

4.1　字体和字样

在绘图过程中，不同位置可能需要采用不同的字体，即使用同一种字体也可能需要采用不同的样式，例如有的文字垂直排列，有的水平排列，有的大、有的小或需要倾斜一定角度等，这些效果可以通过定义不同的文字样式来实现。

4.1.1　字体和字样的概念

字体是一种形文件，默认存储在 Windows 安装目录中的 FONTS 文件夹中，如 TAHOMA.SHX、SYMAP.SHX、TXT.SHX 等。由一种字体文件采用不同的高宽比、字体倾

斜角度等可定义多种字样。系统默认用的字样名是 Standard，它根据字体文件 txt.shx 定义
生成。用户如果需要定义其他字样，可以
使用文字样式（STYLE）命令重新定义文
字样式。

　　AutoCAD 软件还允许用户使用
Windows 提供的 TRUE TYPE 字体，包括宋
体、楷体、仿宋体、隶书等汉字和特殊字
符，它们具有实心填充功能。由同一种字体
可以定义多种样式，如图 4.1 所示为用楷体
定义的几种文字样式。

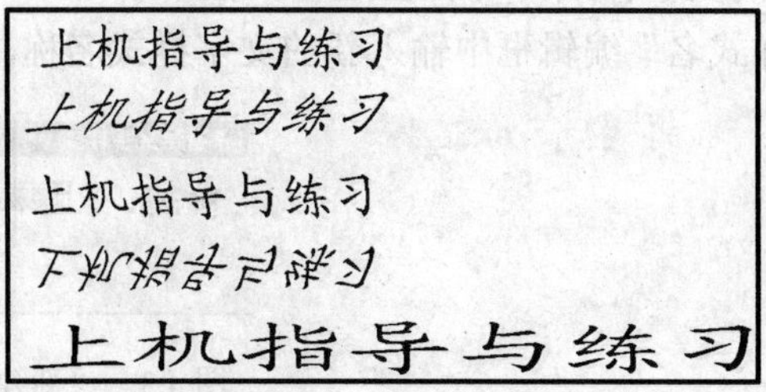

图 4.1　同一字体的不同字样

4.1.2　文字样式的创建和修改

　　在 AutoCAD 中创建文字对象时，文字对象的字体外观都由与其相关联的文字样式所决
定。默认情况下，"Standard" 文字样式是当前样式，用户也可以根据需要创建其他的文字
样式。

1. 文字样式的创建

　　创建文字样式是进行文字注释和尺寸标注的首要任务。在 AutoCAD 中，文字样式
（STYLE）用于控制图形中所使用的字体、宽度、高度等系数。在一幅图形中可定义多种文
字样式。

　　用户可以通过以下 3 种方法来启用文字样式命令。

　　① 命令：_STYLE(ST)

　　② 菜单：单击"格式/文字样式"

　　③ 工具栏：单击"样式" / ↳ 按钮

创建文字样式的操作步骤如下：

　　① 选择"格式/文字样式"，弹出"文字样式"对话框，如图 4.2 所示。

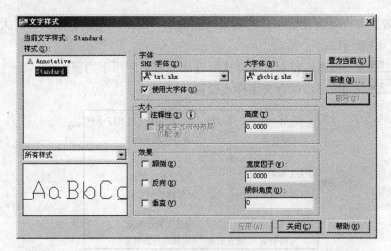

图 4.2　"文字样式"对话框

② 系统默认文字样式名为 Standard，字体为 txt.shx，高度为 0，宽度比为 1。如要生成新的文字样式，可以在此对话框中单击 新建(N)… 按钮，打开"新建文字样式"对话框。在"样式名"编辑框中输入新的文字样式名称，如图 4.3 所示。

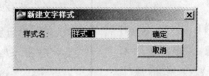

图 4.3　"新建文字样式"对话框

③ 单击 确定 按钮，返回"文字样式"对话框。在"字体"设置区取消"使用大字体"复选框，设置字体名为"宋体"，如图 4.4 所示。

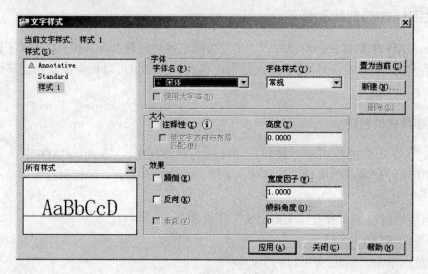

图 4.4　设置文字样式

④ 在"大小"设置区可设置输入文字的高度。如果此处设为 0，输入文字时将提示指定文字高度。

⑤ 在"效果"设置区设置字体的效果，如颠倒、反向、垂直、倾斜、扩大或缩小文字宽度等，如图 4.5 所示。

⑥ 单击 应用(A) 按钮，将对文字样式所进行的调整应用于当前图形。

⑦ 单击 关闭(C) 按钮，保存文字样式设置。

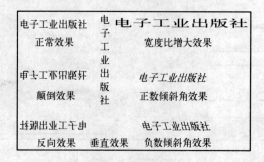

图 4.5　字体效果

2．修改文字样式

修改文字样式也是在"文字样式"对话框中进行的，其过程与创建文字样式相似，在此不再重复。但修改文字样式时应注意以下几点。

● 修改完成后，单击"文字样式"对话框中的 应用(A) 按钮，则修改生效，此时 AutoCAD 立即更新图样中与此文字样式关联的文字。
● "颠倒"、"反向"特性仅影响单行文字，对多行文字无效。同样，当修改文字样式的"颠倒"、"反向"特性时，将影响现有单行文字。
● 当修改文字样式的"垂直"特性时，AutoCAD 将改变现有单行文字和多行文字的外观。另外，当选用编译型字体（.shx）时，"垂直"设置才有效。
● 当修改文字样式的宽度比例及倾斜角度时，AutoCAD 将改变现有多行文字的外观，而现有单行文字不受影响。
● 修改文字样式的高度时，现有单行文字和多行文字均不受影响。
● 无论进行哪种设置，均会影响此后创建的文字对象。

4.2　文　字　注　写

在 AutoCAD 中，注写文字有两种方式：一种是单行文字，另一种是多行文字。文字的外观（字体、尺寸、颠倒、反向等）可通过文字样式来定义。

4.2.1　单行文字输入

单行文字（DTEXT）命令用于为图形标注一行或几行文字，也可用于旋转、对正文字和调整文字的大小。每行文字是一个独立的对象。

用户可以通过以下 3 种方法来启用单行文字命令。

① 命令：_DTEXT（DT）
② 菜单：单击"绘图/文字/单行文字"
③ 工具栏：单击"文字"/ **A** 按钮

图 4.6 所示的单行文字效果具体操作步骤如下：

① 单击 "绘图/文字/单行文字"命令。
② 提示指定文字的起点时，在绘图区中任意位置单击鼠标确定单行文字的起点。
③ 提示指定高度时，输入 10 并按 Enter 键。
④ 提示指定文字的旋转角度时，输入 15 并按 Enter 键。
⑤ 输入 "AutoCAD 2011 实用教程"，并按两次 Enter 键，结果如图 4.6 所示。

图 4.6　单行文字

4.2.2　多行文字输入

在 AutoCAD 中，使用多行文字（MTEXT）可以创建复杂的文字说明，如图样的技术要求等。与单行文字相比，多行文字在设置上更灵活。例如，各部分文字可以采用不同的高度、字体和颜色等。

用户可以通过以下 3 种方法来启用多行文字命令。

① 命令：_MTEXT（MT 或 T）

② 菜单：单击"绘图/文字/多行文字"

③ 工具栏：单击"文字"/ **A** 按钮

执行 MTEXT 命令后，当在绘图区确定第一角点和对角点时将打开多行文字编辑器，包括一个"文字格式"工具栏和一个文字编辑区。其中，利用"文字格式"工具栏可设置字符样式、字体、高度和颜色等参数，在文字编辑区中可以输入多行文字内容和编辑多行文字。图 4.7 和图 4.8 是多行文字编辑器各组件的所有功能。

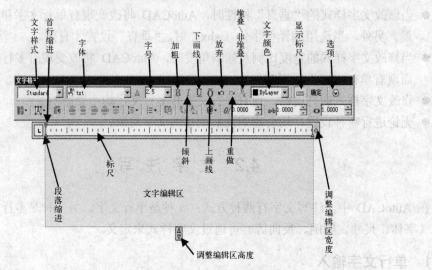

图 4.7　多行文字编辑器各组件意义（1）

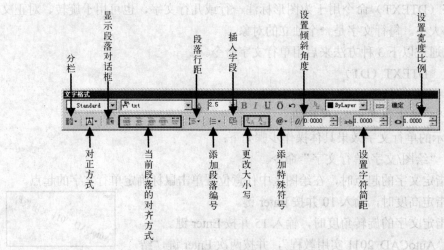

图 4.8　多行文字编辑器各组件意义（2）

4.3　文字的修改

在 AutoCAD 中，用户可以利用 DDEDIT 命令或 PROPERTIES 命令编辑已创建的文本对象，但 DDEDIT 命令只能修改单行文本的内容和多行文本的内容及格式，而

PROPERTIES 命令除了可以修改文本的内容，还可以改变文本的位置、倾斜角度、样式等属性。

4.3.1 文字内容的修改

文字内容的修改是指在 AutoCAD 图形中，对已经输入的文字内容进行增减、更改格式等相关操作。

用户可以通过以下 3 种方法来启用 DDEDIT 命令。

① 命令：_DDEDIT

② 菜单：单击"修改/对象/文字/编辑"

③ 工具栏：单击"文字"/ 按钮

命令及提示：

命令: ddedit

选择注释对象或 [放弃(U)]:

在此提示下选择想要修改的文字对象，如果选取的文本是用 TEXT 命令创建的单行文本，则被选文字将处于可编辑状态，可直接对其进行修改；如果选取的是用 MTEXT 命令创建的多行文本，选取后则打开"多行文字编辑器"，可在打开的"多行文字编辑器"中对已有文字进行修改和编辑。

4.3.2 文字大小的修改

文字大小的修改即为文字高度的修改。

用户可以通过以下 3 种方法来启用文字大小修改命令。

① 命令：_SCALETEXT

② 菜单：单击"修改/对象/文字/比例"

③ 工具栏：单击"文字"/ 按钮

命令及提示：

命令: _scaletext

选择对象: 找到 1 个

选择对象:

输入缩放的基点选项

[现有(E)/左对齐(L)/居中(C)/中间(M)/右对齐(R)/左上(TL)/中上(TC)/右上(TR)/左中(ML)/正中(MC)/右中(MR)/左下(BL)/中下(BC)/右下(BR)] <现有>: C

指定新模型高度或 [图纸高度(P)/匹配对象(M)/比例因子(S)] <2.5>: 5

4.3.3 一次性改变文字的多个参数

用户可以通过以下 3 种方法来启用该功能。

① 命令：_PROPERTIES

② 菜单：单击"修改/对象特性"

③ 工具栏：单击"标准"/ 按钮

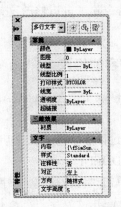

图 4.9　"特性"对话框

 注意

　　要使用该功能，应该先选中需要编辑的文字对象，再启用命令，AutoCAD 将打开如图 4.9 所示的"特性"对话框，利用此对话框可以方便地修改文字对象的内容、样式、颜色、线型、角度和位置等。

4.4　特殊符号的输入

　　在 AutoCAD 中，某些符号不能用标准键盘直接输入，如％、下画线等。若需输入某些特殊符号，可以在执行文字命令后弹出的"文字格式"工具栏中单击 @▾ 按钮，选择需要输入的符号即可。

4.5　多行文字的对正方式

　　多行文字的对正方式及效果如图 4.10 和图 4.11 所示。

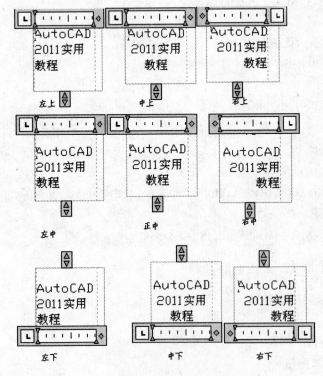

图 4.10　各种对正方式的效果

图 4.11　对正方式

4.6　文本的查找与替换

　　文本的查找与替换用于查找和替换已经输入的文字。如果需要替换的内容比较多，使用此功能方便快捷。要查找或替换文本，执行"编辑"菜单中的"查找"命令，弹出如图 4.12 所示的"查找和替换"对话框。其操作方法与 Word 文字处理软件中的"查找和替换"功能一样，在此不作介绍。

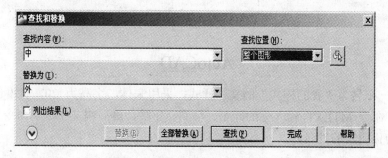

图 4.12　"查找和替换"对话框

4.7　示例——分数的输入

　　本节以输入真分数 $\frac{1}{3}$ 为例来说明分数的输入步骤。

操作步骤：
① 执行多行文字命令 MTEXT；
② 在文字编辑区先输入分子 1，再输入正斜杠/，最后输入分母 3；
③ 在文字编辑区中选中刚输入的文本；
④ 单击"文字格式"工具栏的堆叠按钮 即可。

4.8　小　　　结

　　通过本章的学习，读者应该掌握字体与字样的概念、字样的设置与修改和文本的修改与编辑等，掌握了这些就为后面的学习（如尺寸标注）打下了坚实的基础。

4.9　习　　　题

4.9.1　填空题

1. 字体是一种（　　）文件。
2. 字样是由字体的（　　　）和（　　　）来定义的。
3. AutoCAD 中，默认字样名称为（　　　　）。

4. Windows 提供的 TRUE TYPE 字体，包括宋体、楷体等汉字和特殊字符，它们具有（　　　　）功能。

5. 同一种字体可以定义（　　　　）样式。

6. 在文字样式设置中，字体效果主要有（　　　）、（　　　）和（　　　）等。

4.9.2　操作题

1. 输入以下的文字内容。

$$30°\qquad 3^2×2^3$$

$$\text{Auto}\underline{\text{CAD}}$$

2. 建立一个名为"我的样式"的文字样式，采用宋体，字高为 20，宽度比例为 0.7，再用多行文字命令 MTEXT 输入你的姓名、性别、年龄，最后用文字编辑命令 DDEDIT 将你的姓名改为你朋友的姓名。

第 5 章　块和外部参照

下图是一个旗帜图形，从图中可以看出，在绘制该图形的过程中用得最多的就是直线、样条曲线、创建块、插入块等相关命令，这些命令在 AutoCAD 绘图中是较常用的命令，因此，读者一定要掌握这些命令的应用。

此图形的绘制请参见配套练习册中第 5 章。

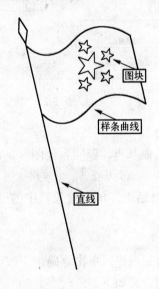

本章知识点

在绘图过程中，很多图形元素需要大量重复使用，例如机械行业中的螺钉、螺母，建筑行业中的家具、门、窗等。为了提高工作效率，AutoCAD 提供了块和外部参照功能。本章将向读者重点介绍块的创建、插入与编辑，外部参照的插入与编辑等。

5.1　创　建　块

图块分为内部块和外部块，下面分别介绍两种块的创建方法。

5.1.1　内部块的创建

用户可以通过以下 3 种方法来启用创建内部块命令。

① 命令：_BLOCK

② 菜单：单击"绘图/块/创建"

③ 工具栏：单击"绘图"/⊡ 按钮

定义内部块的步骤如下。

① 用前面所学知识绘制一扇门，如图 5.1 所示。

② 执行内部块命令，将弹出如图 5.2 所示的"块定义"对话框。

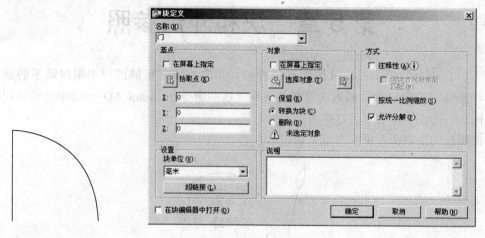

图 5.1　门　　　　　　　　　　　　　　图 5.2　"块定义"对话框

③ 在名称框里输入块名"门"。

④ 在基点栏中单击 图标拾取基点，返回到绘图区，命令提示如下：

命令：_block 指定插入基点：　拾取端点为基点

⑤ 自动返回到"块定义"对话框，单击对象栏中的选择对象图标 ，又会回到绘图区，且出现以下命令提示：

选择对象：　选中组成门的所有对象

⑥ 再次返回到"块定义"对话框里，单击"确定"按钮，完成块的创建。

"块定义"对话框中各选项的含义如下。

名称：指定块名，最长可达 255 个字符。

基点：指定插入块的基点。

对象：指定转换为块的对象，以及是否保留或删除对象等。

说明：用于指定与块相关的文字说明。

超链接：创建一个与块相关联的超级链接，用户可以通过该块来浏览其他文件或访问站点。

5.1.2　外部块的创建

内部块只能在图块所在的图形文件中使用，不能被其他图引用。而在实际绘图过程中往往需要将定义好的图块共享，使所有用户都能在任何图形文件中进行引用。这就得使用 WBLOCK 命令将其定义为外部块并存盘即可。

用户可以通过下面的方法来启用创建外部块命令。

命令：_WBLOCK（W）

定义外部块的步骤如下。

① 执行 WBLOCK 命令，弹出如图 5.3 所示的"写块"对话框。

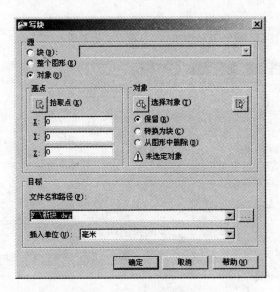

图 5.3　"写块"对话框

② 在"源"选项区有 3 个选项，选中"块"表示将内部块创建为外部块；选中"整个图形"表示将当前全部对象创建为块并存盘；选中"对象"表示将选取的图形对象创建成块且存盘；只有选中"对象"后，"基点"和"对象"选项区才可用。

③ 选取要创建为外部块的图形对象。

④ 在"目标"区设置块名和保存位置。

⑤ 单击"确定"按钮，将图块保存到文件中。

5.2　插　入　块

用户可以使用 INSERT 命令在当前图形中重复插入块或其他图形文件，无论块或被插入的图形多么复杂，AutoCAD 将它们作为一个单独的对象。如果用户需要编辑其中的单个图形元素，可以使用 EXPLODE 命令分解图块或文件即可。

用户可以通过以下 3 种方法来启用插入块命令。

① 命令：_INSERT

② 菜单：单击"插入/块"

③ 工具栏：单击"绘图" / ⬚按钮

插入块的步骤如下。

① 执行 INSERT 命令，弹出如图 5.4 所示的"插入"对话框。在此，可将已定义的图块或其他 DWG 文件插入到当前图形文件中。

② 单击"名称"右边倒三角按钮或"浏览"按钮，选中要插入的块名或文件名。

③ 确定"插入点"是在屏幕上指定还是通过坐标指定。

④ 设置好"插入比例"，比例大于 1 是放大，小于 1 是缩小，也可在屏幕上指定。

⑤ 设置图块的"旋转角度"。

⑥ 如果需要分开单独编辑，则要选择"分解"复选框，最后单击"确定"按钮即可，

且出现如下提示：

指定插入点或 [基点(B)/比例(S)/旋转(R)]:　　　在屏幕上确定插入点即可

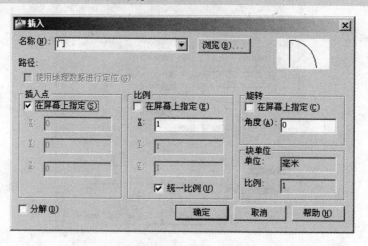

图 5.4　"插入块"对话框

5.3　块　属　性

在 AutoCAD 中，用户除可以创建普通块以外，还可以创建带有附加信息（如粗糙度有 1.6、3.2 和 6.3 等）的块，这些附加信息被称为属性。这些属性好比附于商品上的商标一样，它包含块中的所有可变参数。

5.3.1　建立属性图块

建立属性块要用到属性定义命令 ATTDEF，将定义好的属性同相关图形一起，用"创建图块"命令定义成属性块。此后，用户就可以在当前图形中调用它，其调用方式同一般的图块完全相同。

用户可以通过以下 2 种方法来启用定义属性命令。

① 命令：_ATTDEF（ATT）

② 菜单："绘图/块/定义属性"

执行以上命令后，AutoCAD 打开"属性定义"对话框，如图 5.5 所示，用户可以利用此对话框来创建块属性。

"属性定义"对话框中各选项含义如下。

☐ **不可见(I)**：控制属性值在图形中的可见性。有些文字信息（如零部件的成本、产地等），通常不必在图样中显示出来，就可设为不可见属性。

☐ **固定(C)**：选取此复选框时，属性值将为常量。

☐ **验证(V)**：用于在插入图块时对属性值进行校验。

☐ **预设(P)**：设定是否将实际属性值设置成默认值。

☑ **锁定位置(K)**：锁定块参照中属性的位置。

☐ **多行(U)**：指定属性值是否包含多行文字。

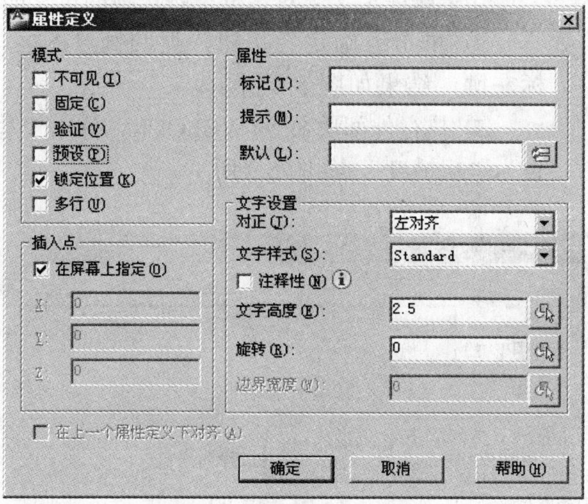

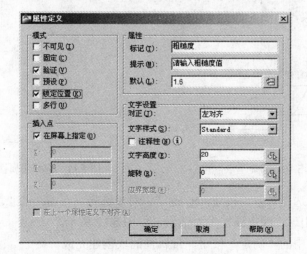

图 5.5　"属性定义"对话框

☑ **在屏幕上指定(O)**：在屏幕上选择适当的插入点。

X、Y、Z：指定插入点的 X、Y、Z 轴的坐标值。

标记(T)：用于识别图形中每次出现的属性。

提示(M)：用于指定在插入包含该属性定义的图块时显示的提示信息。

默认(L)：用于指定默认的属性值。

对正(T)：设置属性文字的对正方式（如中心、左对齐、右对齐等）。

文字样式(S)：选择属性文字的样式。

文字高度(E)：指定文字高度。

旋转(R)：指定属性文字的旋转角度。

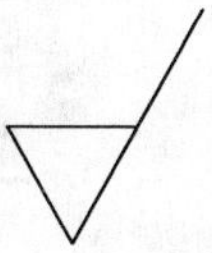

创建一个带粗糙度属性的块及操作步骤如下。

① 绘制粗糙度符号，如图 5.6 所示。

图 5.6　粗糙度符号

② 执行定义属性命令 ATTDEF，弹出"属性定义"对话框，如图 5.7 所示。

图 5.7　"属性定义"对话框

图 5.8 粗糙度属性块

③ "属性定义"对话框中各选项的设置如图 5.7 所示。

④ 单击"确定"按钮，返回到绘图区，在适当位置单击鼠标左键，结果如图 5.8 所示。

⑤ 执行外部块命令 WBLOCK，弹出"写块"对话框，文件名设为"粗糙度"，如图 5.9 所示。

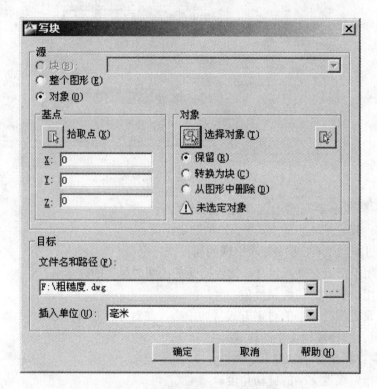

图 5.9　创建具有粗糙度属性的块

⑥ 单击基点栏里的 拾取点(K)，在绘图区里用捕捉功能捕捉基点位置，如图 5.10 所示。

⑦ 此时又返回到"写块"对话框，在对象栏里单击 选择对象(T)，在绘图区中选择包括属性在内的所有对象，如图 5.11 所示。

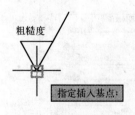

图 5.10　捕捉基点位置

图 5.11　选择块属性对象

⑧ 命令行提示选择对象，按 Enter 键结束对象选择，在返回的"块定义"对话框中单击"确定"按钮，出现"编辑属性"对话框，如图 5.12 所示。

⑨ 单击对话框中的"确定"按钮，带属性的块创建完成。

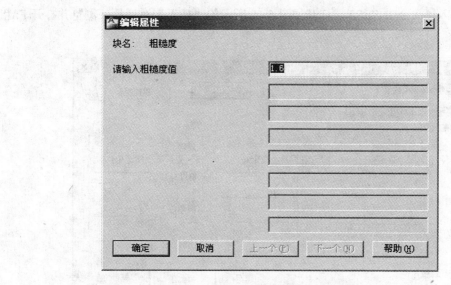

图 5.12 "编辑属性"对话框

5.3.2 插入属性图块

将带有属性的块创建好后，可以将它插入到图形中需要的地方，如图 5.13 所示。

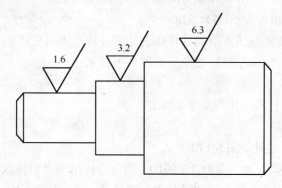

图 5.13 插入粗糙度

操作步骤如下。

① 绘制如图 5.14 所示的图形。

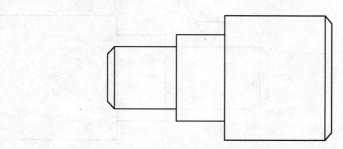

图 5.14 待插粗糙度图形

② 执行插入块命令 INSERT，打开如图 5.15 所示的"插入"对话框，浏览并打开 F:\粗糙度.dwg，如图 5.15 所示。

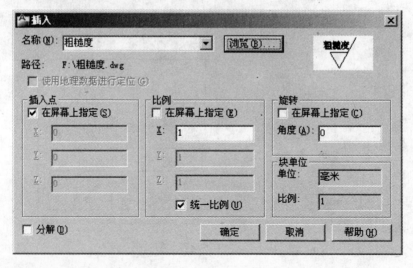

图 5.15　"插入"对话框

③ 选中插入点栏中的 ☑ 在屏幕上指定(S) 后，单击"确定"按钮，回到绘图窗口，此时粗糙度符号粘贴在光标上，如图 5.16 所示，命令行出现如下提示：

指定插入点或 [基点(B)/比例(S)/旋转(R)]:

此提示中的参数功能与插入块对话框中的相同，这里不再重述。

在合适的位置单击鼠标左键，命令行出现如下提示：

请输入粗糙度值 <1.6>:

按 Enter 键，命令行再次出现如下提示：

请输入粗糙度值 <1.6>:

再次按 Enter 键，结果如图 5.17 所示。

④ 用同样的方法插入粗糙度为 3.2 的块，当命令行出现"请输入粗糙度值<1.6>:"时，输入 3.2 按 Enter 键，命令行出现"请输入粗糙度值<3.2>:"时，按 Enter 键，将粗糙度为 3.2 的块插入到图形中。

⑤ 重复执行插入块命令，将粗糙度为 6.3 的块插入到图形中，如图 5.13 所示。

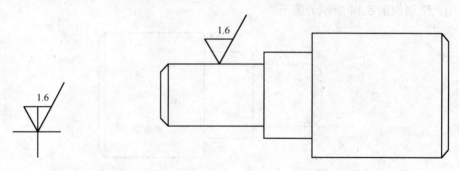

图 5.16　粘在光标上的粗糙度符号　　　　　　　图 5.17　插入的粗糙度符号

5.3.3　块属性管理器

用户为块创建属性后，可以用"块属性管理器"命令 BATTMAN 对其进行编辑。

用户可以通过以下 3 种方法来启用块属性管理器命令。

① 命令：_BATTMAN

② 菜单：单击"修改/对象/属性/块属性管理器"命令

③ 工具栏：单击"修改 II"/ 按钮

执行以上操作后，会自动弹出如图 5.18 所示的"块属性管理器"对话框。

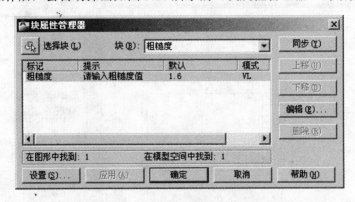

图 5.18　"块属性管理器"对话框

用户可通过 按钮对块的属性的标记、提示、指定值等内容进行编辑，还可设置块的图层属性等，如图 5.19 所示。

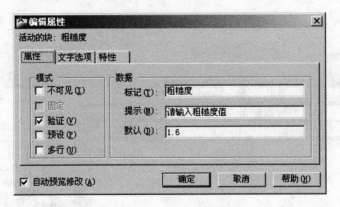

图 5.19　"编辑属性"对话框

5.3.4　编辑带属性的块

已定义的属性或插入的属性图块，其内容均可做修改，本小节将介绍属性内容和属性定义的编辑技巧。

（1）利用特性对话框编辑内容有以下 3 种方法。

① 命令：_DDMODIFY、CH 或 PROPERTIES

② 菜单：单击"修改/特性"

③ 工具栏：单击"标准" / 🗐按钮

例如，修改图 5.13 所示粗糙度数值，将 6.3 改为 3.2，执行命令后弹出如图 5.20 所示的"特性"对话框。

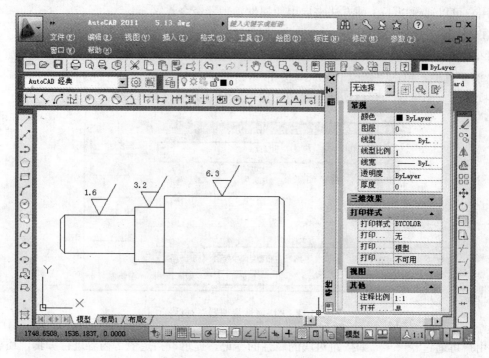

图 5.20　打开的"特性"对话框

选择粗糙度为 6.3 的块，在"特性"对话框的属性中将 6.3 改为 3.2，如图 5.21 所示。

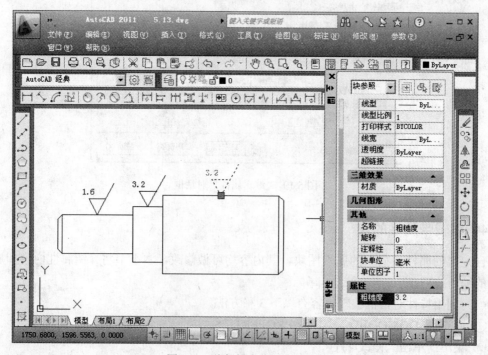

图 5.21　将粗糙度 6.3 改为 3.2

关闭"特性"对话框，完成属性块的编辑。

（2）利用编辑属性命令来编辑已插入的属性文字的内容有以下 2 种方法。

① 菜单："修改/对象/属性/单个"

② 工具栏："修改 II" / 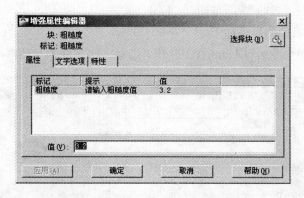 按钮

执行以上操作后，命令行提示"选择块："。这时选择要编辑的图块，弹出"增强属性编辑器"对话框，如图 5.22 所示。用户可以在此对要修改的内容做修改，修改完后单击"确定"按钮即可。

图 5.22 "增强属性编辑器"对话框

（3）属性图块插入后，如果只需修改已插入的属性文字的内容，也可以输入 ATTEDIT 或 ATE 命令，执行命令后命令行提示"选择块参照："。选择要编辑内容的块，弹出"编辑属性"对话框，如图 5.23 所示，在此修改内容即可。

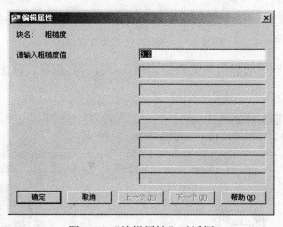

图 5.23 "编辑属性"对话框

5.4 外 部 参 照

外部参照的用途和块的用途是类似的，和块不同之处是无法以分解命令将其分解成独立的对象，而且和块最大的不同之处在于插入的外部参照图会和源图形文件建立链接关系，当源文件的图形修改后，加载具有此外部参照的文件，会自动更新插入的外部参照图形。另外还有一个不同之处，插入块是把整个块的定义及内容复制一份到视图上，但是插入外部参

照的图只是把图形的定义链接到视图上，实际内容还是在源文件中，所以采用外部参照不会增加图形文件所占用的内存。

5.4.1　插入 DWG 外部参照

启用 DWG 外部参照的 3 种方法如下。

① 命令：_XATTACH

② 菜单：单击"插入/DWG 参照"

③ 工具栏：单击"参照"/![]按钮

插入 DWG 外部参照的步骤如下。

① 启用外部参照命令后，AutoCAD 打开"选择参照文件"对话框，如图 5.24 所示。

图 5.24　"选择参照文件"窗口

② 用户在此对话框中选择所需文件后，单击"打开"按钮，弹出"附着外部参照"对话框，如图 5.25 所示。

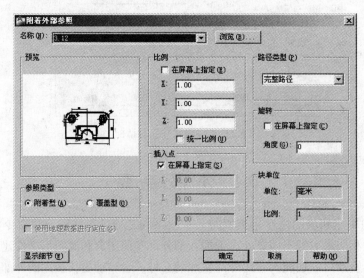

图 5.25　"附着外部参照"对话框

③ 在"附着外部参照"对话框的"参照类型"选项中选择 ⊙ 附着型(A)，在"路径类型"下拉列表框中选择"完整路径"，在"插入点"选项区中选择 ☑ 在屏幕上指定(S)，单击"确定"按钮，回到绘图区，命令行出现如下提示：

指定插入点或 [比例(S)/X/Y/Z/旋转(R)/预览比例(PS)/PX(PX)/PY(PY)/PZ(PZ)/预览旋转(PR)]:

④ 在适当位置单击插入，将 3.12.dwg 附着到当前文件中。

5.4.2　插入光栅图像参照

在 AutoCAD 的文件中不但能够插入 DWG 图像文件，还能插入其他格式的图像文件，如 JPG、BMP 等。

启用插入光栅图像参照的 3 种方法如下。

① 命令：IMAGEATTACH

② 菜单：单击"插入/光栅图像参照"

③ 工具栏：单击"参照/▣ 按钮

插入光栅图像参照的步骤如下。

① 执行以上命令，AutoCAD 弹出如图 5.26 所示的"选择参照文件"对话框。

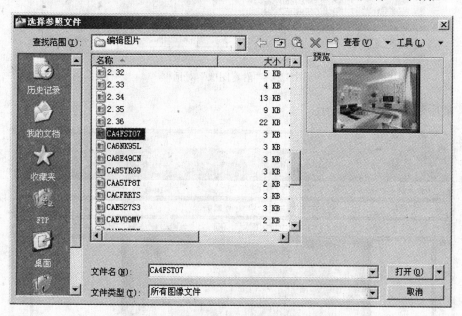

图 5.26　"选择参照文件"对话框

② 选取 CA4FST07.jpg 文件，单击"打开"按钮，弹出"附着图像"对话框，对话框中各选项的设置如图 5.27 所示。

③ 如果想改变插入的图像文件，单击"浏览"按钮重新选择要插入图像文件。

④ 设置好后，单击"确定"按钮，回到绘图界面，光标成为十字形，命令行出现如下提示：

指定插入点 <0,0>:　单击左键确定插入点

基本图像大小：宽: 1.000000，高: 0.824675，Millimeters

指定缩放比例因子 <1>:　按 Enter 键

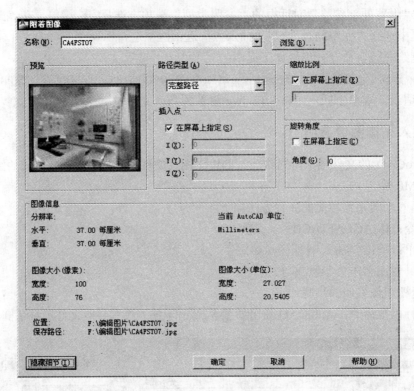

图 5.27 "附着图像"对话框

⑤ 最后效果如图 5.28 所示。

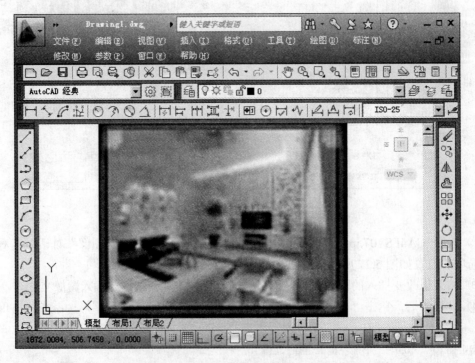

图 5.28 插入光栅图像

5.5　小　　结

通过本章的学习，读者应该掌握块的含义与创建方法、定义图块属性、编辑与管理属性块和外部参照的插入等。掌握了这些知识，就会为提高工作效率打下坚实的基础。

5.6　习　　题

5.6.1　填空题

1. 块分为（　　　　　　）和（　　　　　　）。
2. 把经常使用的图形定义成块的好处是（　　　　　　　　　　　　）。
3. 创建内部块的命令是（　　　　　），创建外部块的命令是（　　　　　）。
4. 创建块的 3 个要素是（　　　　　）、（　　　　　）和（　　　　　）。
5. 在插入图块时可设置（　　　　　）、（　　　　　）和（　　　　　）。

5.6.2　判断题

1. 在 AutoCAD 中不可以插入其他格式的图形文件。（　　　　）
2. 在插入块时，块可以被旋转或缩放。（　　　　）
3. WBLOCK 命令生成的图块文件，可被用于任何图形。（　　　　）
4. WBLOCK 命令允许将一个已有图块转换成一个图形文件。（　　　　）

5.6.3　操作题

制作学生证（将图 5.29 中的图（a）通过块的属性定义修改为图（b）所示的效果）。

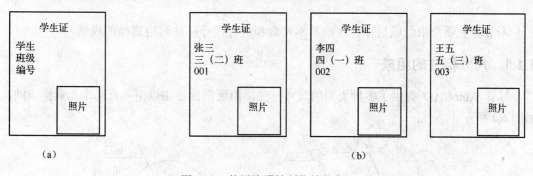

图 5.29　使用块属性制作的学生证

第 6 章 尺 寸 标 注

下图是一个三维实体图形，从图中可以看出，在绘制该图形的过程中要用到楔体、圆锥体、UCS 等相关命令，这些命令在 AutoCAD 实际应用中是较常用的命令，因此，读者一定要掌握这些命令的应用。

此图形的绘制请参见配套练习册中第 7 章。

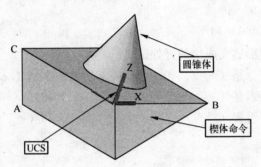

本章知识点

尺寸标注是工程制图中的一项主要内容，尺寸标注描述了各类图形中物体各部分的实际大小和相对位置关系。本章将介绍标注的组成、规则、标注样式的创建与应用、基本标注的创建与编辑等。

6.1 尺寸标注的组成、规则及步骤

本节将主要介绍组成尺寸标注的基本元素和进行尺寸标注时应遵循的规则。

6.1.1 尺寸标注的组成

尽管 AutoCAD 提供了多种类型的尺寸标注，但通常都是由以下几种基本元素构成的，如图 6.1 所示。

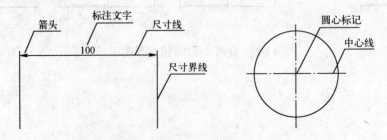

图 6.1 组成尺寸标注的各元素

箭头：表明测量的开始和结束位置。

标注文字：表明实际测量值。

尺寸线：标明标注的范围。

尺寸界线：从被标注的对象延伸到尺寸线，一般与尺寸线垂直，但在特殊情况下也可以将尺寸线倾斜。

中心线和圆心标记：标记圆或圆弧的圆心。

6.1.2 尺寸标注的规则

在 AutoCAD 中，为绘制的图形标注尺寸时要遵循以下规则。

● 对象的真实大小应以图纸上标注的尺寸数据为依据，与图形的大小和绘图的准确度无关。

● 图形中的尺寸以毫米（mm）为单位时，不需要标注计量单位的代号或名称。如果采用的是其他单位，则必须注明相应计量单位的代号或名称，如厘米、分米、度等。

● 图形中所标注的尺寸为该图形所表示的对象的最后完工尺寸，否则应另加说明。对象的每一个尺寸一般只标注一次，并应标注在最后反映该对象最清晰的图形上。

6.1.3 尺寸标注的步骤

在 AutoCAD 中，为绘制的图形标注尺寸时要遵循以下步骤。

（1）建立尺寸标注图层。

为了便于控制尺寸标注对象的显示与隐藏，在 AutoCAD 中尺寸标注创建独立的图层，并运用图层技术使其与图形的其他信息分开，以便于操作。

（2）创建用于尺寸标注的文字样式。

为了方便尺寸标注时修改所标注的各种文字，应建立专门用于尺寸标注的文字样式。在建立尺寸标注文字样式时，应将文字高度设置为 0，如果文字样式的默认高度不为 0，则"修改标注样式"对话框中的"文字"选项卡中的"文字高度"不可用。

（3）依据图形的大小和复杂程度、配合将选用的图幅规格，确定比例。

在 AutoCAD 中，一般按 1∶1 的尺寸绘图，在图形上要进行标注，必须要考虑相应的文字和箭头等因素，以确保按比例输出后的图纸符合国家标准。因此，必须首先确定比例，并由这个比例指导标注样式中的"标注特征比例"的填写。

（4）设置尺寸标注样式。

标注样式是尺寸标注对象的组成方式，诸如标注文字的位置和大小、箭头的形状等。设置尺寸标注样式可以控制尺寸标注的格式和外观，有利于执行相关的绘图标准。

（5）设置捕捉选项并捕捉标注对象进行标注尺寸。

6.2 标 注 样 式

不同的行业、不同的图形需要的标注对象的样式是不同的。为了保证标注在各个实体上的尺寸形式相同、风格一致，就要设置合适的尺寸标注样式。

6.2.1　新建标注样式

在绘图过程中，不同的图形需要不同的标注样式，以满足实际工作的需要，如同向图形中输入文字一样，在标注前需要定义标注样式或对原有样式进行修改，这样才能使绘制出的图形保证标注的尺寸统一完整。不同的标注样式决定了标注各基本元素的不同特征。

用户可以通过以下 3 种方法来启用标注样式命令。

① 命令：_DIMSTYLE

② 菜单：单击"格式/标注样式"

③ 工具栏：单击"标注"/⊷按钮

当用户执行以上命令后，系统会弹出如图 6.2 所示的"标注样式管理器"对话框。

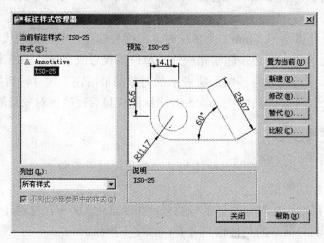

图 6.2　"标注样式管理器"对话框

在"标注样式管理器"对话框中，各选项的具体含义如下。

样式：显示当前图形所使用的所有标注样式名称。

列出：此下拉列表包含所有样式和正在使用的样式。

不列出外部参照中的样式：用来控制在"样式"显示区中是否显示外部参照图形中的标注样式。

预览：显示当前标注样式的标注效果。

置为当前：将用户选中的标注样式设置为当前标注样式。

新建：单击该按钮会弹出如图 6.3 所示的"创建新标注样式"对话框，用于指定新建的标注样式的名称、在哪种样式的基础上进行修改以及使用范围。

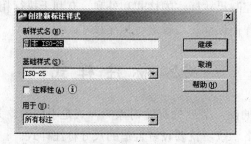

图 6.3　"创建新标注样式"对话框

修改：单击该按钮，将弹出如图 6.4 所示的"修改标注样式"对话框，可在此对话框中对所选标注样式进行修改。

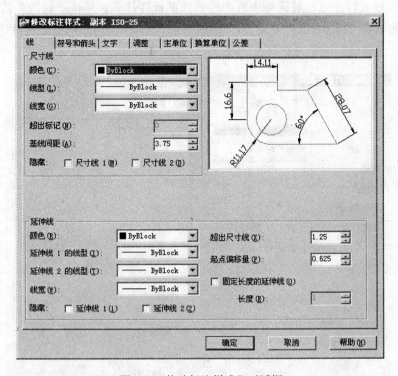

图 6.4 "修改标注样式"对话框

替代：单击该按钮将弹出"替代当前样式"对话框，使用该对话框可以设置当前使用标注样式的临时替代值。

比较：单击该按钮后可以比较两种标注样式的特性，浏览一种标注样式的全部特性，并可将比较结果输出到 Windows 剪贴板上，然后再粘贴到其他 Windows 应用程序中去，如图 6.5 所示的"比较标注样式"对话框。

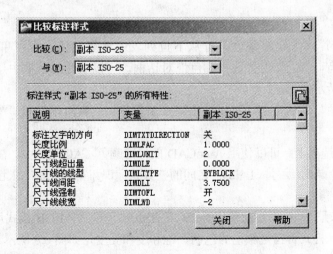

图 6.5 "比较标注样式"对话框

6.2.2 设置尺寸线和尺寸界线

在"标注样式管理器"对话框中选中要修改的标注样式，单击"修改"按钮，弹出如图 6.6 所示的"修改标注样式"对话框，单击"线"选项卡，用户可通过此对话框对尺寸线和尺寸界线（延伸线）的相关参数进行设置。

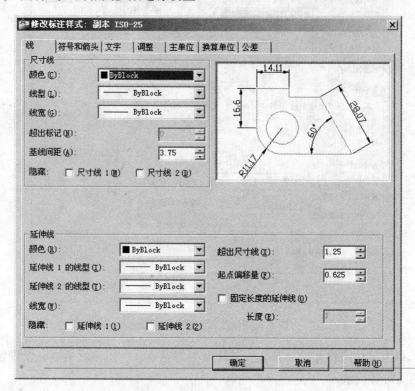

图 6.6 "修改标注样式"对话框

"线"选项卡中各选项含义如下。

1. 尺寸线

● 颜色：设置尺寸线的颜色。可从下拉列表中选择颜色，也可单击下拉列表中的 ■选择颜色… ，弹出"选择颜色"对话框，可以从此对话框中选取需要的颜色，如图 6.7 所示。

在"选择颜色"对话框中，可以使用"索引颜色"、"真彩色"和"配色系统"三种颜色选项卡。

"索引颜色"选项卡：可以使用 AutoCAD 的标准颜色（ACI 颜色）。在 ACI 颜色表中，每一种颜色用一个 ACI 编号（1～255 之间的整数）标识。实际上是一张包含 256 种颜色的颜色表。

"真彩色"选项卡：可以在此使用 RGB 或 HSL 颜色模式，RGB 模式可指定颜色的红、绿、蓝组合，HSL 模式可指定颜色的色调、饱和度和亮度，如图 6.8 所示。

"配色系统"选项卡：使用标准 Pantone 的配色系统设置颜色，如图 6.9 所示。

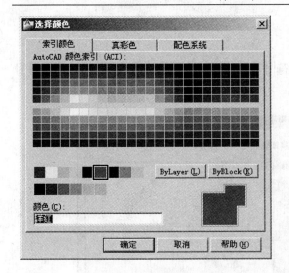

图 6.7 "选择颜色"对话框

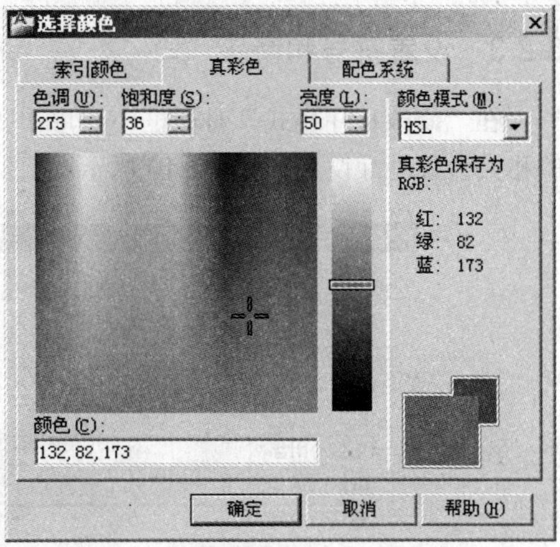

图 6.8 "真彩色"选项卡

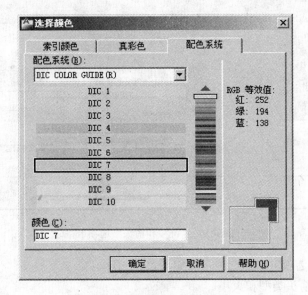

图 6.9 "配色系统"选项卡

- 线宽：设置尺寸线的线宽。
- 超出标记：指定尺寸线超出尺寸延伸线的长度。
- 基线间距：设置基线标注的尺寸线之间的距离。
- 隐藏：控制第一条或第二条尺寸线的可见性。

2. 延伸线（尺寸界线）

- 颜色：设置尺寸界线的颜色。
- 线宽：设置尺寸界线的线宽。
- 超出尺寸线：设置尺寸界线超出尺寸线的距离。
- 起点偏移量：设置尺寸界线到定义点的距离。
- 隐藏：控制第一条或第二条尺寸线的可见性。

6.2.3 设置符号和箭头

在"修改标注样式"对话框中，单击"符号和箭头"选项卡，用户在此对箭头和符号的相关参数进行设置，如图 6.10 所示。

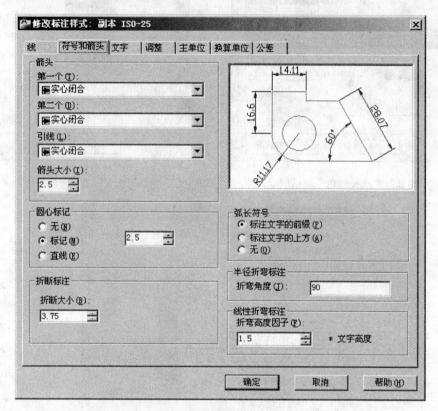

图 6.10 "符号和箭头"选项卡

"符号和箭头"选项卡中各选项含义如下。

- 箭头：设置箭头类型和大小。
- 圆心标记：设置圆心标记的类型和大小。
- 折断标注：当圆弧半径较大，超出图幅时，不便于直接标出圆心，因此将尺寸线折断表示出来。

6.2.4 设置文字

在"修改标注样式"对话框中，单击"文字"选项卡，用户可以设置文字外观、位置和对齐方式等，如图 6.11 所示。

"文字"选项卡中各选项含义如下。

（1）文字外观。

- 文字样式：选择当前标注的文字样式。
- 文字颜色：设置标注文字的颜色。
- 文字高度：设置标注文字样式的高度。

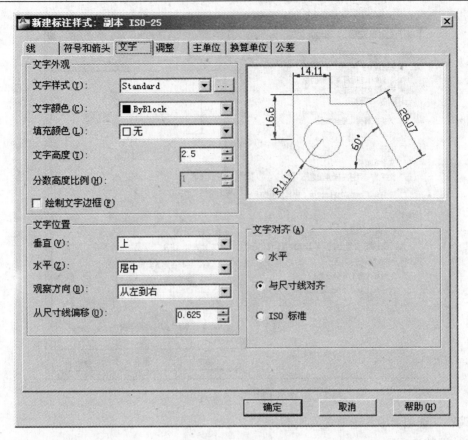

图 6.11 "文字"选项卡

- 填充颜色：设置标注文字的背景填充色。
- 分数高度比例：设置标注文本中的分数高度比例因子。
- 绘制文字边框：设置是否在标注文字周围显示一个方框。

（2）文字位置。

- 垂直：设置标注文字相对尺寸线的垂直位置。
- 水平：设置标注文字相对尺寸线的水平位置。
- 观察方向：设置标注文字的观察方向。
- 从尺寸线偏移：指文字与尺寸线之间的偏移距离。

（3）文字对齐。

- 水平：用于标注角度和半径。
- 与尺寸线对齐：用于线型类尺寸标注的常用选项。
- ISO 标准：当标注文字在尺寸界线内时，文字与尺寸线对齐，在尺寸界线外时，文字水平排列。

6.2.5 调整

在"修改标注样式"对话框中，单击"调整"选项卡，用户可以设置基于尺寸界线之间的文字和箭头的位置，如图 6.12 所示。

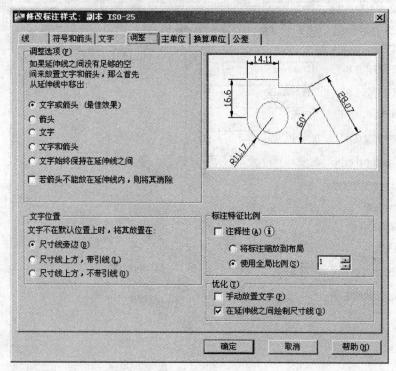

图 6.12　"调整"选项卡

"调整"选项卡中各选项含义如下。

（1）调整选项区。

● 文字或箭头（最佳效果）：尺寸界线间的距离足够放置文字和箭头时，将文字和箭头放在其内部，否则按最佳布局移动文字或箭头；当尺寸界线间的距离仅够容纳箭头时，将文字放在尺寸界线外；当尺寸界线间的距离既不够放置文字也不够放置箭头时，文字和箭头都放在尺寸界线外面。

● 箭头：尺寸界线间的距离足够放置文字和箭头时，将文字和箭头放在其内部；当尺寸界线间的距离仅够容纳箭头时，则将文字放在尺寸界线外；当尺寸界线间的距离不够放置箭头时，文字和箭头都放在尺寸界线外面。

● 文字：尺寸界线间的距离足够放置文字和箭头时，将文字和箭头放在其内部；当尺寸界线间的距离仅够容纳文字时，则将文字放在尺寸界线内，箭头放在尺寸界线外；当尺寸界线间的距离不够放置文字时，文字和箭头都放在尺寸界线外面。

● 文字和箭头：尺寸界线间的距离不足以放下文字和箭头时，文字和箭头都放在尺寸界线外面。

● 文字始终保持在延伸线之间：始终将文字放在尺寸界线之间。

● 若箭头不能放在延伸线内，则将其消除：如果尺寸界线内没有足够距离，则不显示箭头。

（2）文字位置区。

● 尺寸线旁边：将标注文字放在尺寸线旁边，如图 6.13（a）所示。

● 尺寸线上方，带引线：如文字移到远离尺寸线处，会创建一条从尺寸线到文字的引线。当文字太靠近尺寸线时,将省略引线,如图 6.13 (b) 所示。

- 尺寸线上方,不带引线:在移动文字时,保持尺寸线的位置,远离尺寸线的文字不与带引线的尺寸相连,如图 6.13 (c) 所示。

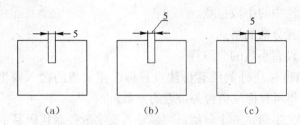

图 6.13　标注文字不同位置的效果

(3) 标注特征比例。

- 将标注缩放到布局:根据模型空间视图和图纸空间之间的比例确定比例因子。
- 使用全局比例:为所有标注样式设置一个比例,此设置指定了大小、距离或间距,包括文字和箭头大小。该缩放比例并不影响标注的测量值。

(4) 优化。

- 手动放置文字:忽略所有水平对正设置并把文字放在"尺寸线位置"提示下指定的位置。
- 在延伸线之间绘制尺寸线:始终在尺寸界线之间绘制尺寸线。

6.2.6　主单位的设置

在"修改标注样式"对话框中,单击"主单位"选项卡,可以设置单位的类型、格式和精度等,如图 6.14 所示。

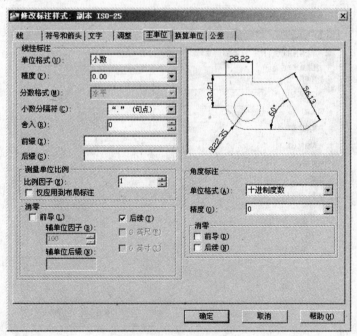

图 6.14　"主单位"选项卡

"主单位"选项卡中各选项含义如下。

（1）线性标注：设置线性标注的格式和精度。

● 单位格式：为所有标注（除角度）设置单位格式。

● 精度：设置标注中的小数位数。

● 分数格式：设置分数的格式。

● 小数分隔符：设置小数的分隔符号。

● 舍入：为除角度标注外的所有标注设置标注测量值的舍入规则。例如，如果输入1，AutoCAD 将所有标注值舍为最近的整数。

● 前缀：给标注文字指定一个前缀。可以输入文字或控制代码显示特殊符号。

● 后缀：给标注文字指定一个后缀。可以输入文字或控制代码显示特殊符号。

（2）测量单位比例。

● 比例因子：设置线性标注测量值的比例因子。

● 仅应用到布局标注：在布局中创建标注应用线性比例值。

（3）消零：控制不输出前导零和后续零。

● 前导：不输出前导零，例如 0.300 变为.300。

● 后续：不输出后续零，例如 3.50 变为 3.5。

（4）角度标注。

● 单位格式：设置角度标注单位格式。

● 精度：设置角度标注的小数位数。

6.2.7　设置换算单位

在"修改标注样式"对话框中，单击"换算单位"选项卡，可在此对换算单位进行设置，如图 6.15 所示。

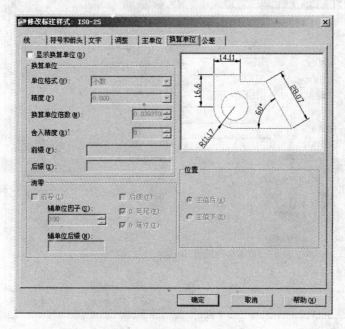

图 6.15　"换算单位"选项卡

"换算单位"选项卡中各选项含义如下。

（1）显示换算单位：为标注文字添加换算测量单位。

（2）换算单位：为除角度标注之外的所有标注设置换算单位。

● 单位格式：设置换算单位格式。

● 精度：设置换算单位的小数位数。

● 换算单位倍数：指定一个乘数，作为主单位和换算单位之间的换算因子。

● 舍入精度：为除角度标注之外的所有标注类型设置换算单位的舍入规则。

（3）位置：控制换算单位的位置。

● 主值后：换算单位放在主单位后。

● 主值下：换算单位放在主单位之下。

6.2.8 设置公差选项

在"修改标注样式"对话框中，单击"公差"选项卡，可对公差标注的选项进行设置，如图 6.16 所示。

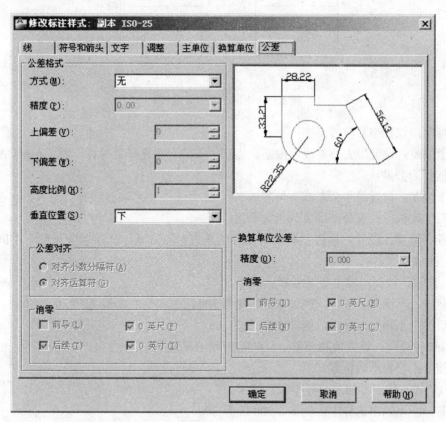

图 6.16 "公差"选项卡

"公差"选项卡中各选项含义如下。

（1）公差格式：控制公差格式。

● 方式：设置计算公差的方式。计算公差有以下五种方式。

无：不添加公差，如图 6.17（a）所示。

对称：添加公差的正负表达式，如图 6.17（b）所示。

极限偏差：添加正负公差表达式，如图 6.17（c）所示。

极限尺寸：创建极限标注，在此标注中，显示一个最大值和一个最小值，一个在上，另一个在下，最大值等于标注值加上在上偏差中输入的值，最小值等于标注值减去在下偏差中输入的值，如图 6.17（d）所示。

基本尺寸：创建基本标注，并且 AutoCAD 在标注文本范围绘制一个框，如图 6.17（e）所示。

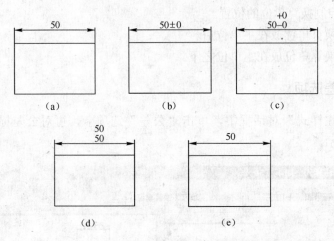

图 6.17　不同公差方式的效果

- 精度：设置小数位数。
- 上偏差：设置最大公差或上偏差，当在"方法"中选择"对称"时，AutoCAD 将该值作为公差。
- 下偏差：设置最小公差或下偏差。
- 高度比例：设置公差文字的当前高度。
- 垂直位置：设置对称公差和极限公差的垂直对正方式，其中包含顶部、中间和底部三种对齐。

（2）消零：控制不输出前导零和后续零。

- 前导：不输出前导零，例如 0.300 变为.300。
- 后续：不输出后续零，例如 3.50 变为 3.5。

换算单位公差：设置换算公差单位的精度和消零规则。

- 精度：设置小数位数。

（3）消零：控制不输出前导零和后续零。

- 前导：不输出前导零，例如 0.300 变为.300。
- 后续：不输出后续零，例如 3.50 变为 3.5。
- 0 英尺：当距离小于一英尺时，不输出英尺-英寸型标注中的英尺部分。例如：0 '-6 1/2 变成 6 1/2。
- 0 英寸：当距离是整数英尺时，不输出英尺-英寸型标注中的英寸部分。例如：1'-0 变为 1'。

6.3　替换（更新）标注

更新标注命令可以用来将选择的标注文字，更新为另外一个标注样式。使用"更新"命令可以方便地修改单个尺寸标注的属性，如果发现某个尺寸标注的格式不正确，可以修改标注样式中相关的标注参数，然后通过"更新"命令使要修改的尺寸按新的尺寸样式进行更新。可以连续对多个尺寸进行编辑。

用户可以通过以下 2 种方法来启用更新标注命令。

① 菜单：单击"标注/更新"

② 工具栏：单击"标注" / 按钮

标注更新的步骤（以更改文字对齐方式为例）如下。

① 绘制两个圆并分别使用直径标注和半径标注，如图 6.18（a）所示。

② 执行 DIMSTYLE 命令，打开"标注样式管理器"对话框。

③ 单击"替代"按钮，打开"替代当前样式"对话框。

④ 单击"文字"选项卡，在"文字对齐"区选中"水平"选项。

⑤ 单击"确定"按钮，再单击"关闭"按钮，返回 AutoCAD 主窗口。

⑥ 单击 按钮，命令行出现以下提示：

选择对象: 找到 1 个	选择半径标注
选择对象: 找到 1 个，总计 2 个	选择直径标注并按 Enter 键

⑦ 结果如图 6.18（b）所示。

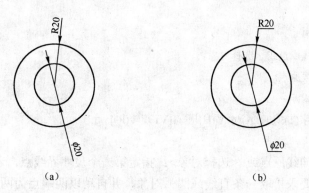

　　　　　　　（a）　　　　　　　　　　　　　　　　（b）

图 6.18　更新标注前后的效果

6.4　常用尺寸标注

要为图形标注尺寸，除了设置和选择标注样式外，更为关键的是选择标注命令。为了方便用户，AutoCAD 为用户提供了"标注"菜单和"标注"工具栏。尺寸标注的工具栏如图 6.19 所示。

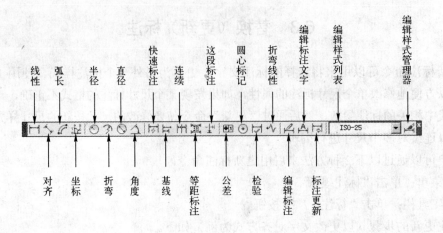

图 6.19 "标注"工具栏

6.4.1 线性标注

线性标注命令用于标注线性尺寸，根据用户操作能自动判别标注水平尺寸还是垂直尺寸。

用户可以通过以下 3 种方法来启用线性标注命令。

① 命令：_DIMLINEAR

② 菜单：单击"标注/线性"

③ 工具栏：单击"线性"按钮

命令及提示：

命令: _dimlinear

指定第一条延伸线原点或 <选择对象>:

指定第二条延伸线原点:

指定尺寸线位置或

[多行文字(M)/文字(T)/角度(A)/水平(H)/垂直(V)/旋转(R)]:

参数如下。

指定第一条延伸线原点或 <选择对象>：指定第一个尺寸界线点，若按 Enter 键，光标变为拾取框，系统要求拾取一条直线或圆弧对象，并自动以两端点为两尺寸界线的起点。

指定第二条延伸线原点：指定第二个尺寸界线点。

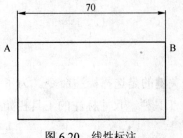

图 6.20 线性标注

多行文字：可以输入复杂的标注文字。

文字：用户可以修改文字的尺寸值。

角度：指定尺寸文字的倾斜角度。

水平：标注水平尺寸。

垂直：标注垂直尺寸。

旋转：按指定的角度标注斜向尺寸。

图 6.20 就是使用的线性标注。

步骤如下所示：

命令: _dimlinear

指定第一条延伸线原点或 <选择对象>:　捕捉 A 点

指定第二条延伸线原点:　　捕捉 B 点

指定尺寸线位置或

[多行文字(M)/文字(T)/角度(A)/水平(H)/垂直(V)/旋转(R)]:

标注文字 = 70

6.4.2　对齐标注

对齐标注命令通常也叫斜向标注，除可以进行水平和垂直标注外，还可以标注任意带倾斜角直线的长度。

用户可以通过以下 3 种方法来启用对齐标注命令。

① 命令：_DIMALIGNED

② 菜单：单击"标注/对齐"

③ 工具栏：单击"对齐"按钮

命令及提示：

命令: _dimaligned

指定第一条延伸线原点或 <选择对象>:

指定第二条延伸线原点:

指定尺寸线位置或

[多行文字(M)/文字(T)/角度(A)]:

 注意

若按 Enter 键用拾取框选择要标注的线段，则对齐标注的尺寸线与该线段平行，其他参数与"线性标注"相同。

对齐标注如图 6.21 所示。

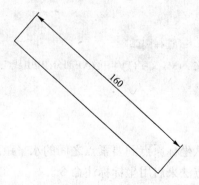

图 6.21　对齐标注

操作步骤如下所示：

命令: _dimaligned

指定第一条延伸线原点或 <选择对象>:　　　捕捉直线的一个端点

指定第二条延伸线原点:　　　　　　　　捕捉直线的另一个端点

指定尺寸线位置或

[多行文字(M)/文字(T)/角度(A)]:

标注文字 = 160

6.4.3　弧长标注

弧长标注命令用于标注圆弧或多段线圆弧的长度。

用户可以通过以下 3 种方法来启用弧长标注命令。

① 命令：_DIMARC

② 菜单：单击"标注/弧长"

③ 工具栏：单击"弧长"按钮

命令及提示：

命令: _dimarc

选择弧线段或多段线圆弧段:

指定弧长标注位置或 [多行文字(M)/文字(T)/角度(A)/部分(P)/引线(L)]:

弧长标注如图 6.22 所示。

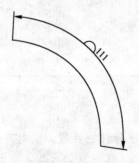

图 6.22　弧长标注

操作步骤如下所示：

命令: _dimarc

选择弧线段或多段线圆弧段:　　　选择圆弧

指定弧长标注位置或 [多行文字(M)/文字(T)/角度(A)/部分(P)/引线(L)]:

标注文字 = 111

6.4.4　坐标标注

坐标标注命令用来测量从坐标原点到要素点之间的水平距离或垂直距离。

用户可以通过以下 3 种方法来启用坐标标注命令。

① 命令：_DIMORDINATE

② 菜单：单击"标注/坐标"

③ 工具栏：单击"坐标"按钮

命令及提示：

命令: _dimordinate

指定点坐标:

创建了无关联的标注

指定引线端点或 [X 基准(X)/Y 基准(Y)/多行文字(M)/文字(T)/角度(A)]:

参数如下。

X 基准：测量 X 坐标并确定引线和标注文字的方向。

Y 基准：测量 Y 坐标并确定引线和标注文字的方向。

其他参数与线性标注相同。

6.4.5　半径标注

半径标注命令用于标注圆或圆弧的半径。

用户可以通过以下 3 种方法来启用半径标注命令。

① 命令：_DIMRADIUS

② 菜单：单击"标注/半径"

③ 工具栏：单击"半径"按钮

命令及提示：

命令: _dimradius

选择圆弧或圆:

标注文字 = 67.74

指定尺寸线位置或 [多行文字(M)/文字(T)/角度(A)]:

半径标注如图 6.23 所示。

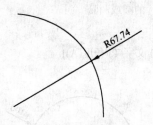

图 6.23　半径标注

6.4.6　折弯标注

折弯标注命令用于创建圆或圆弧。

用户可以通过以下 3 种方法来启用折弯标注命令。

① 命令：_DIMJOGGED

② 菜单：单击"标注/折弯"

③ 工具栏：单击"折弯"按钮

命令及提示：

命令: _dimjogged

选择圆弧或圆:

指定图示中心位置：

标注文字 = 67.74

指定尺寸线位置或 [多行文字(M)/文字(T)/角度(A)]:

指定折弯位置：

折弯标注如图 6.24 所示。

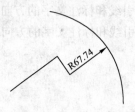

图 6.24　折弯标注

6.4.7　直径标注

直径标注命令用于标注圆或圆弧的直径。

用户可以通过以下 3 种方法来启用直径标注命令。

① 命令：_DIMDIAMETER

② 菜单：单击"标注/直径"

③ 工具栏：单击"直径"按钮

命令及提示：

命令: _dimdiameter

选择圆弧或圆：　　　　选择要标注的圆或圆弧

标注文字 = 100

指定尺寸线位置或 [多行文字(M)/文字(T)/角度(A)]:

直径标注如图 6.25 所示。

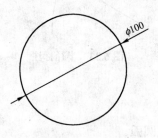

图 6.25　直径标注

6.4.8　角度标注

角度标注命令用于测量选定的对象或 3 个点之间的角度。可以选择的对象包括圆弧、
圆和直线等。

用户可以通过以下 3 种方法来启用角度标注命令。

① 命令：_DIMANGULAR

② 菜单：单击"标注/角度"

③ 工具栏：单击"角度"按钮

命令及提示：

> 命令：_dimangular
>
> 选择圆弧、圆、直线或 <指定顶点>：
>
> 选择第二条直线：
>
> 指定标注弧线位置或 [多行文字(M)/文字(T)/角度(A)/象限点(Q)]:
>
> 标注文字 = 66

参数如下。

象限点：指定标注应锁定到的象限。打开象限行为后，将标注文字放置在角度标注外时，尺寸线会延伸超过尺寸界线。

其余参数与前面相同。

角度标注如图 6.26 所示。

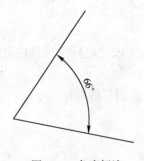

图 6.26　角度标注

操作步骤如下所示：

> 命令：_dimangular
>
> 选择圆弧、圆、直线或 <指定顶点>：　　　　选择角的一条直线
>
> 选择第二条直线：　　　　　　　　　　　选择角的另一条直线
>
> 指定标注弧线位置或 [多行文字(M)/文字(T)/角度(A)/象限点(Q)]:　　移动光标确定标注位置
>
> 标注文字 = 66

6.4.9　快速标注

快速标注命令用于从选定对象快速创建一系列标注（例如创建线性标注时不需要指定两个尺寸界线）。

用户可以通过以下 3 种方法来启用快速标注命令。

① 命令：_QDIM

② 菜单：单击"标注/快速标注"

③ 工具栏：单击"快速标注"按钮

命令及提示：

> 命令：_qdim
>
> 关联标注优先级 = 端点

选择要标注的几何图形: 找到 1 个

选择要标注的几何图形:

指定尺寸线位置或 [连续(C)/并列(S)/基线(B)/坐标(O)/半径(R)/直径(D)/基准点(P)/编辑(E)/设置(T)] <连续>:

参数如下。

连续: 创建一系列连续标注。

并列: 创建一系列并列标注。

基线: 创建一系列基线标注。

坐标: 创建一系列坐标标注。

半径: 创建一系列半径标注。

直径: 创建一系列直径标注。

基准点: 为基线标注和坐标标注设定新的基准点。

编辑: 编辑一系列标注。将提示用户在现有标注中添加或删除点。

设置: 为指定尺寸界线原点设置默认对象捕捉。

6.4.10　基线标注

基线标注命令用于从上一个标注或选定标注的基线处创建线性标注、角度标注或坐标标注。

用户可以通过以下 3 种方法来启用基线标注命令。

① 命令: _DIMBASELINE

② 菜单: 单击"标注/基线"

③ 工具栏: 单击"基线"按钮

命令及提示:

命令: _dimbaseline

指定第二条延伸线原点或 [放弃(U)/选择(S)] <选择>:

标注文字 = 43.13

指定第二条延伸线原点或 [放弃(U)/选择(S)] <选择>:

标注文字 = 69.95

指定第二条延伸线原点或 [放弃(U)/选择(S)] <选择>:

标注文字 = 96.47

指定第二条延伸线原点或 [放弃(U)/选择(S)] <选择>:

标注文字 = 121.82

指定第二条延伸线原点或 [放弃(U)/选择(S)] <选择>:

参数如下。

第二条延伸线原点: 默认情况下, 使用基准标注的第一条尺寸界线作为基线标注的尺寸界线原点。可以通过显式地选择基准标注来替换默认情况, 这时作为基准的尺寸界线是离选择拾取点最近的基准标注的尺寸界线。选择第二点之后, 将绘制基线标注并再次显示"指定第二条尺寸界线原点"提示。若要结束此命令, 请按 Esc 键。若要选择其他线性标注、坐标标注或角度标注用作基线标注的基准, 请按 Enter 键。

放弃: 放弃在命令任务期间上一次输入的基线标注。

选择：AutoCAD 提示选择一个线性标注、坐标标注或角度标注作为基线标注的基准。
基线标注如图 6.27 所示。

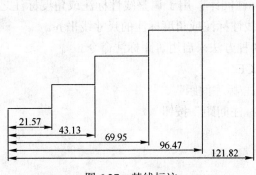

图 6.27　基线标注

6.4.11　连续标注

连续标注命令用于自动从创建的上一个线性约束、角度约束或坐标标注继续创建其他标注，或者从选定的尺寸界线继续创建其他标注。

用户可以通过以下 3 种方法来启用连续标注命令。

① 命令：_DIMCONTINUE

② 菜单：单击"标注/连续"

③ 工具栏：单击"连续"按钮

命令及提示：

命令: _dimcontinue

选择连续标注：

指定第二条延伸线原点或 [放弃(U)/选择(S)] <选择>：

标注文字 = 21.57

指定第二条延伸线原点或 [放弃(U)/选择(S)] <选择>：

标注文字 = 26.81

指定第二条延伸线原点或 [放弃(U)/选择(S)] <选择>：

标注文字 = 26.52

指定第二条延伸线原点或 [放弃(U)/选择(S)] <选择>：

标注文字 = 25.36

指定第二条延伸线原点或 [放弃(U)/选择(S)] <选择>：

连续标注如图 6.28 所示。

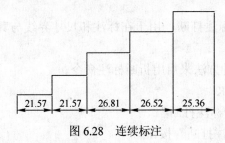

图 6.28　连续标注

6.4.12　等距标注

等距标注通常也称标注间距，用于调整线性标注或角度标注之间的间距，也可以通过使用间距值 0 使一系列线性标注或角度标注的尺寸线平齐。

用户可以通过以下 3 种方法来启用等距标注命令。

① 命令：_DIMSPACE

② 菜单：单击"标注/标注间距"

③ 工具栏：单击"标注间距"按钮

命令及提示：

命令:_DIMSPACE

选择基准标注:

选择要产生间距的标注:找到 1 个

选择要产生间距的标注:找到 1 个，总计 2 个

选择要产生间距的标注:

输入值或 [自动(A)] <自动>: 0

参数如下。

选择基准标注：选取作为间距标注的参考标注。

选择要产生间距的标注：选取要调整标注间距的标注。

输入间距值：将间距值应用于从基准标注中选择的标注。例如，如果输入值 5，则所有选定标注将以 5 的距离隔开。可以使用间距值 0（零）将选定的线性标注和角度标注的标注线末端对齐。

自动：基于在选定基准标注的标注样式中指定的文字高度自动计算间距。所得的间距值是标注文字高度的两倍。

等距标注如图 6.29 所示（左图为原始标注，右图为等距标注）。

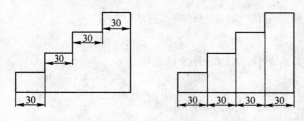

图 6.29　等距标注

6.4.13　折断标注

折断标注通常也称为标注打断，用于在标注和尺寸界线与其他对象的相交处打断或恢复标注和尺寸界线。

用户可以通过以下 3 种方法来启用折断标注命令。

① 命令：_DIMBREAK

② 菜单：单击"标注/标注打断"

③ 工具栏：单击"标注打断"按钮

命令及提示：

命令：_DIMBREAK

选择要添加/删除折断的标注或 [多个(M)]:

选择要折断标注的对象或 [自动(A)/手动(M)/删除(R)] <自动>: m

指定第一个打断点：

指定第二个打断点：

1 个对象已修改

参数如下。

多个：指定要向其中添加折断或要从中删除折断的多个标注。

自动：自动将折断标注放置在与选定标注相交的对象的所有交点处。修改标注或相交对象时，会自动更新使用此选项创建的所有折断标注。在具有任何折断标注的标注上方绘制新对象后，在交点处不会沿标注对象自动应用任何新的折断标注。要添加新的折断标注，必须再次运行此命令。

删除：从选定的标注中删除所有折断标注。

手动：手动放置折断标注。为折断位置指定标注或尺寸界线上的两点。如果修改标注或相交对象，则不会更新使用此选项创建的任何折断标注。使用此选项，一次仅可以放置一个手动折断标注。

折断标注如图 6.30 所示。

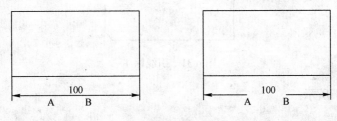

图 6.30 折断标注

操作步骤如下所示：

命令：_DIMBREAK

选择要添加/删除折断的标注或 [多个(M)]: 选取标注

选择要折断标注的对象或 [自动(A)/手动(M)/删除(R)] <自动>: m

指定第一个打断点： 单击 A 点

指定第二个打断点： 单击 B 点

6.4.14 引线标注

引线标注命令通常用于表示图形中的倒角、材料等文本信息。引线标注首先要从指定的对象上画出引线，引线的箭头应指向该对象，然后再在引线末端做必要的注释。

用户可以通过下面的方法来启用引线标注命令。

命令：_QLEADER

命令及提示：

命令：QLEADER

指定第一个引线点或 [设置(S)] <设置>:

指定下一点:

指定下一点:

指定文字宽度 <0>: 100

输入注释文字的第一行 <多行文字(M)>:

输入注释文字的下一行:

参数如下。

指定引线的第一点:指定引线箭头所在的点。

设置:使用此参数可弹出"引线设置"对话框。

指定下一点:指定引线标注的下个点。

指定文字宽度:指定一行文字的宽度。

输入注释文字的第一行:输入第一行注释文字。

多行文字:使用此参数可输入两行以上文字。

引线标注如图 6.31 所示。

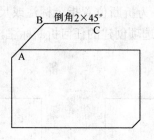

图 6.31　引线标注

操作步骤如下所示:

命令: qleader

指定第一个引线点或 [设置(S)] <设置>:　　　单击 A 点

指定下一点:　　　　　　　　单击 B 点

指定下一点: <正交 开>　　　　　　单击 C 点

指定文字宽度 <100>:

输入注释文字的第一行 <多行文字(M)>:　　　按 Enter 键

执行多行文字 MTEXT 命令,再输入要标注的文字内容

该命令有一个"设置(S)"选项,执行此选项后会打开"引线设置"对话框,如图 6.32 所示。该对话框中包含 3 个选项卡,分别用于引线标注的设置。

1."注释"选项卡

该选项卡用于设置引线注释的类型、多行文字选项和是否重复使用注释。

(1)"注释类型"区。

● 多行文字:在引线的末端加入多行文字。

● 复制对象:将其他图形对象复制到引线末端。

● 公差:打开"形位公差"对话框,使用用户可以方便地标注形位公差,如图 6.33 所示。

- 块参照：在引线末端插入图块。
- 无：引线末端不加入任何图形对象。

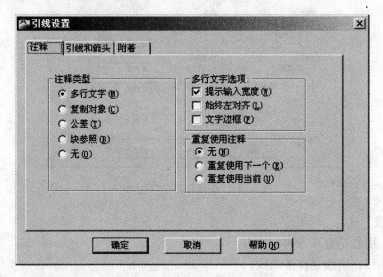

图 6.32　"引线设置"对话框

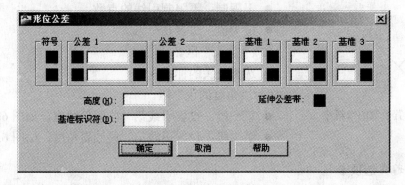

图 6.33　"形位公差"对话框

（2）"多行文字"区。

- 只有在注释类型为多行文字时，该区域才可用。
- 提示输入宽度：创建引线标注时，提示用户指定文字宽度。
- 始终左对齐：输入的文字采用左对齐。
- 文字边框：给文字添加边框。

（3）"重复使用注释"区。

- 无：不重复使用注释内容。
- 重复使用下一个：把本次创建的文本注释复制到下一个引线标注中。
- 重复使用当前：把上次创建的文本注释复制到当前引线标注中。

2."引线和箭头"选项卡

该选项卡用于控制引线和箭头的外观特征，如图 6.34 所示。

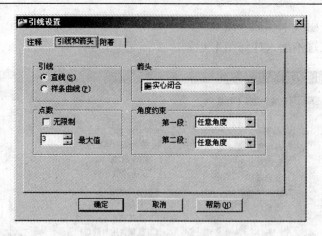

图 6.34 "引线和箭头"选项卡

（1）"引线"区。

● 直线：引线是直线方式。

● 样条曲线：引线是样条曲线。

（2）"点数"区。

● 无限制：不限制引线的点数。

● 最大值：最多几个点。

（3）"箭头"区。

● 选择箭头的样式。

（4）"角度约束"区。

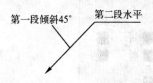

图 6.35 设置引线的倾斜角

● 第一段：设置引线第一段倾斜角度，如图 6.35 所示。

● 第二段：设置引线第二段倾斜角度，如图 6.35 所示。

3．"附着"选项卡

只有当用户指定引线注释为多行文字时，才会显示"附着"选项卡，用户可在此设置多行文字附着于引线末端的位置，如图 6.36 所示。

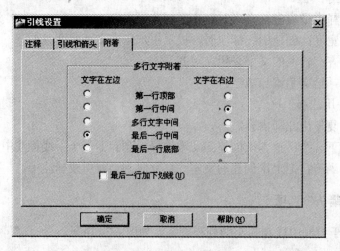

图 6.36 "附着"选项卡

"附着"选项卡中各选项的设置效果如图 6.37 所示。

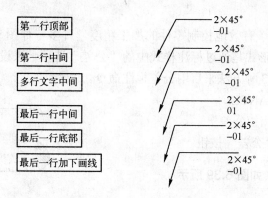

图 6.37 多行文字在引线末端的不同位置

6.4.15 折弯线性

折弯线性命令用于在线性标注或对齐标注中添加或删除折弯线。标注中的折弯线表示所标注的对象中的折断。标注值表示实际距离，而不是图形中测量的距离。

用户可以通过以下 3 种方法来启用折弯线性命令。

① 命令：_DIMJOGLINE

② 菜单：单击"标注/折弯线性"

③ 工具栏：单击"折弯线性"按钮

命令及提示：

命令：_DIMJOGLINE

选择要添加折弯的标注或 [删除(R)]:

指定折弯位置 (或按 Enter 键):

参数如下。

添加折弯：指定要向其添加折弯的线性标注或对齐标注。系统将提示用户指定折弯的位置。

按 Enter 键可在标注文字与第一条尺寸界线之间的中点处放置折弯，或在基于标注文字位置的尺寸线的中点处放置折弯。

删除：指定要从中删除折弯的线性标注或对齐标注。

折弯线性如图 6.38 所示（左图为原始标注，右图为添加折弯线性的标注）。

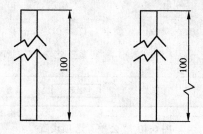

图 6.38 "折弯线性"效果

6.4.16　公差标注

标注尺寸公差是为了有效地控制零件的加工精度，许多零件图上需要标注极限偏差或公差带代号，它的标注形式是通过标注样式中的"公差"选项卡来设置的。

用户可以通过以下 3 种方法来启用公差标注命令。

① 命令：_TOLERANCE

② 菜单：单击"标注/公差"

③ 工具栏：单击"公差"按钮

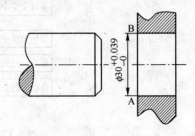

1. 标注尺寸公差（如图 6.39 所示）

其操作步骤如下：

① 执行 DIMSTYLE 命令，打开"标注样式管理

图 6.39　标注尺寸公差

器"对话框。

② 在"标注样式管理器"对话框中单击"替代"按钮，打开"替代当前样式"对话框。

③ 在"替代当前样式"对话框中单击"公差"选项卡。

④ 在公差格式区中，将"方式"设为"极限偏差"；"精度"设为"0.000"；"垂直"位置设为"中"；"上偏差"、"下偏差"和"高度比例"分别设为"0.039"、"0"和"0.8"，如图 6.40 所示。

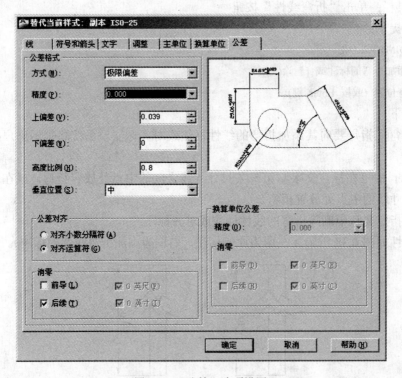

图 6.40　"公差"选项设置

⑤ 依次单击"替代当前样式"对话框中的"确定"按钮和"标注样式管理器"对话框

中的"关闭"按钮，返回 AutoCAD 图形窗口，执行 DIMLINEAR 命令，出现如下提示：

命令: DIMLINEAR

指定第一个延伸线原点或 <选择对象>: <打开对象捕捉>　　　　捕捉 A 点

指定第二条延伸线原点:　　　　　　　　　　　　　　　　　　捕捉 B 点

指定尺寸线位置或

[多行文字(M)/文字(T)/角度(A)/水平(H)/垂直(V)/旋转(R)]:

结果如图 6.39 所示。

2. 标注形位公差（如图 6.41 所示）

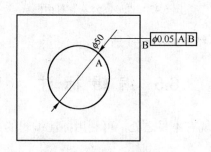

图 6.41　标注形位公差

其操作步骤如下：

① 在命令行执行 QLEADER，AutoCAD 提示"指定第一个引线点或 [设置(S)] <设置>:"，直接按 Enter 键，打开"引线设置"对话框，在"注释"选项卡中选择"公差"单选项，如图 6.42 所示。

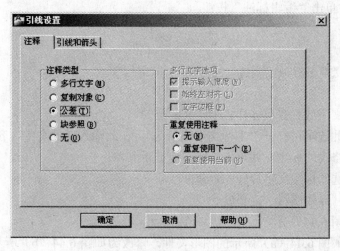

图 6.42　"引线设置"对话框

② 单击"确定"按钮，AutoCAD 提示：

指定第一个引线点或 [设置(S)] <设置>:　　　　捕捉 A 点

指定下一点:　　　　　　　　　　　　　　　　　捕捉 B 点

③ AutoCAD 打开"形位公差"对话框，在此对话框中输入公差值，如图 6.43 所示。

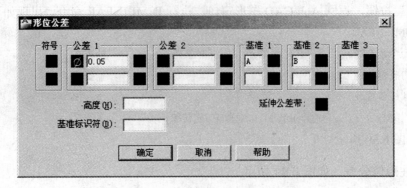

图 6.43　　"形位公差"对话框

④ 单击"确定"按钮，结果如图 6.41 所示。

6.5　编 辑 标 注

尺寸标注完毕后，若发现有不妥之处，可利用标注编辑的方法进一步修改，或利用属性命令改变标注样式。

DIMEDIT 命令可以调整尺寸文字的位置，也可以修改文字内容，此外，还可以将尺寸界线倾斜一定角度及旋转尺寸文本。此命令的优点是可以同时编辑多个尺寸标注。

用户可以通过以下 3 种方法来启用编辑标注命令。

① 命令：_DIMEDIT

② 菜单：单击"标注/倾斜"

③ 工具栏：单击"编辑标注"按钮

命令及提示：

> 命令: dimedit
>
> 输入标注编辑类型 [默认(H)/新建(N)/旋转(R)/倾斜(O)] <默认>:

参数如下。

默认：标注文字放置在尺寸样式中定义的位置。

新建：选取此选项可打开"多行文字编辑器"，在此输入新的文字内容并单击"确定"按钮，再选择要修改的标注，并单击鼠标右键更新内容。

旋转：将被选的标注文字旋转一定角度。

倾斜：使尺寸界线倾斜一定角度。

编辑标注如图 6.44 所示。

绘制并标注如图 6.44（a）所示的图形文件，修改为如图 6.44（b）所示。

执行 DIMEDIT 命令改变尺寸界线的倾斜角度，AutoCAD 提示：

> 命令: dimedit
>
> 输入标注编辑类型 [默认(H)/新建(N)/旋转(R)/倾斜(O)] <默认>: o　　使用"倾斜"参数
>
> 选择对象: 找到 1 个
>
> 选择对象:　　　　　　　　　　　　　　　　　　　　　　选择标注
>
> 输入倾斜角度 (按 Enter 键表示无): 60　　　　　　　　　设置倾斜角

结果如图 6.44（b）所示。

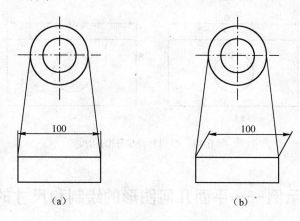

（a）　　　　　　　　　　　（b）

图 6.44　编辑标注前后的不同效果

6.6　编辑标注文字

编辑标注文字命令用于调整标注文字的位置（如靠左、靠右或旋转等）。

用户可以通过以下 3 种方法来启用编辑标注文字命令。

① 命令：_DIMTEDIT

② 菜单：单击"标注/对齐文字"

③ 工具栏：单击"编辑标注文字"按钮

命令及提示：

命令: _dimtedit

选择标注:

为标注文字指定新位置或 [左对齐(L)/右对齐(R)/居中(C)/默认(H)/角度(A)]:

参数如下。

指定新位置：指定新的标注位置。

左对齐：使标注文字与尺寸线左边对齐。

右对齐：使标注文字与尺寸线右边对齐。

居中：将文字放在尺寸线中间。

默认：将尺寸文字放在标注样式中定义的位置。

角度：将标注文字旋转一定角度。

编辑标注文字如图 6.45 所示。

绘制图 6.45（a）所示的图形文件，修改为图 6.45（b）所示。

执行 DIMTEDIT 命令改变标注文字角度，AutoCAD 出现提示：

命令: _dimtedit

选择标注:　　　　　　　　　　选择要修改的标注

为标注文字指定新位置或 [左对齐(L)/右对齐(R)/居中(C)/默认(H)/角度(A)]: a　修改角度

指定标注文字的角度: 15　　　旋转 15 度

结果如图 6.45（b）所示。

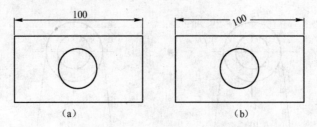

图 6.45　编辑标注文字的角度

6.7　示例——平面几何图形的绘制和尺寸的标注

在本节中，主要是综合运用前面所讲到的命令来绘制出如图 6.46 所示的几何图形，从而达到温故而知新的效果。

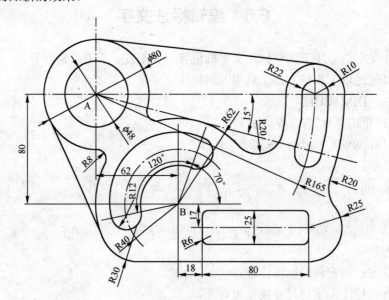

图 6.46　图形和尺寸标注

步骤如下：

① 单击"格式/图层"命令，弹出"图层特性管理器"对话框，在此建立中心线、轮廓线和标注 3 个图层，将中心线图层的线图型设为虚线，轮廓线图层的线宽加粗为 0.3 毫米，并将中心线图层置为当前图层，如图 6.47 所示。

② 执行直线命令 ✐，在工作窗口中绘制一条水平线和垂线相交于 A 点作为中心线，如图 6.48 所示。

③ 执行偏移命令 ⚏，将水平中心线向下偏移 80，垂直中心线向右偏移 62，且相交于 B 点，如图 6.49 所示。

④ 以 A 点为圆心，绘制半径为 165 的圆，同时以 A 点为基点绘制相对于 A 点的极长为 200 且角度为 –15° 的直线，并将多余部分修剪掉，如图 6.50 所示。

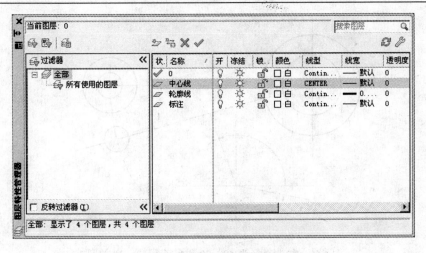

图 6.47 "图层特性管理器"对话框

图 6.48 辅助线 1

图 6.49 辅助线 2

⑤ 以 B 点为圆心，画半径为 40 的圆，同时以 B 点为基点绘制相对于 B 点的极长为 60 且角度分别为 70°和 190°的直线，将多余部分修剪掉，如图 6.51 所示。

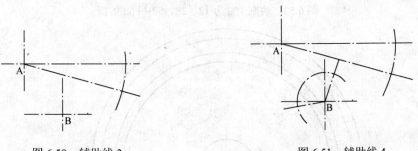

图 6.50 辅助线 3

图 6.51 辅助线 4

⑥ 切换到轮廓线图层，执行圆命令⊘，以 A 点为圆心分别绘制直径为 48 和 80 的两个圆，再捕捉交点为圆心分别绘制半径为 10 和 22 的圆，如图 6.52 所示。

⑦ 以交点为圆心，绘制半径为 12 的圆，再以 B 点为圆心，分别绘制半径为 28、52 和 62 的 3 个圆，如图 6.53 所示。

⑧ 执行圆命令⊘，以 A 点为圆心，分别绘制半径为 143、155、175、187 的 4 个圆，如图 6.54 所示。

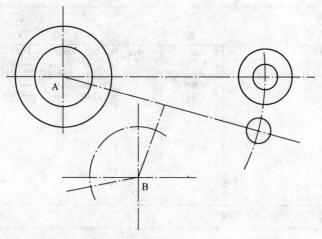

图 6.52　绘制直径为 48、80 和半径为 10、20 的圆

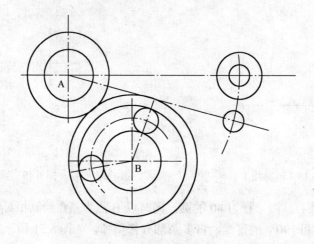

图 6.53　绘制半径为 12、28、52 和 62 的圆

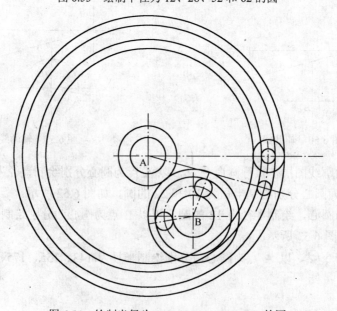

图 6.54　绘制半径为 143、155、175、187 的圆

⑨ 执行偏移命令 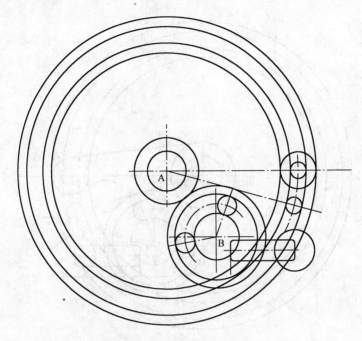，将 B 点的水平中心线向下偏移 17，垂直中心线向右偏移 18，以交点为矩形左边的中点绘制一个长 80、宽 25 的矩形，且圆角半径为 6，再以矩形右边中点为圆心绘制半径为 25 的圆，如图 6.55 所示。

图 6.55　绘制圆角矩形和圆

⑩ 执行圆命令 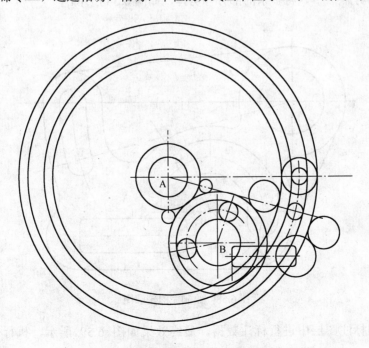，通过相切、相切、半径的方式画半径为 20 和 8 的圆，如图 6.56 所示。

图 6.56　绘制半径为 20 和 8 的圆

⑪ 选择直线命令 ✎，以半径为 25 的圆的下象限点为起点画一条水平线与半径为 62 的圆相交，再执行圆角命令 ⬜ 进行圆角处理，且圆角半径为 30，并且画出切线，如图 6.57 所示。

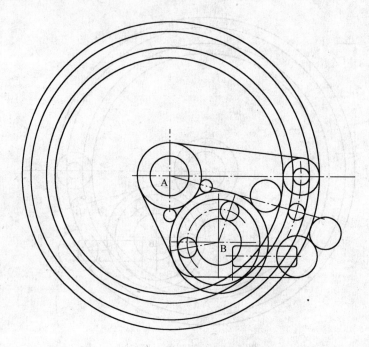

图 6.57　绘制水平线并圆角

⑫ 执行修剪命令 ✄，将多余的部分修剪掉，如图 6.58 所示。

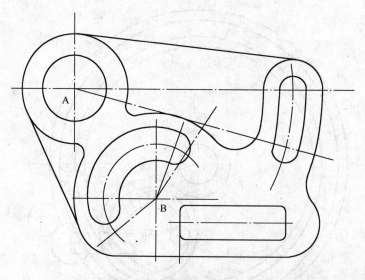

图 6.58　绘制完的轮廓图

⑬ 切换到标注图层中进行标注数据，最终效果如图 6.59 所示，执行保存命令存盘即可。

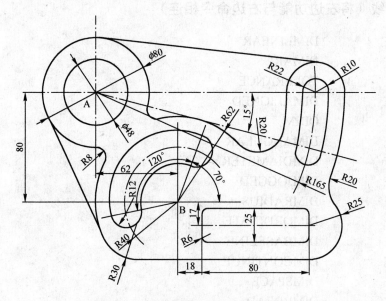

图 6.59 标注尺寸

6.8 小 结

通过本章的了解和学习，读者应该掌握标注样式的设置、常用标注的应用、标注与标注文字的编辑等。

6.9 习 题

6.9.1 填空题

1. 尺寸标注由（ ）、（ ）、（ ）、（ ）4 部分组成。

2. （ ）是从被标注的对象延伸到尺寸线的直线。

3. （ ）命令是用于自动测量并沿一条简单的引线显示指定点的 X 或 Y 坐标。

4. 尺寸标注描述了机械图、建筑图等各类图中各部分的（ ）和（ ）关系。

5. 标注不同的图形，需要不同的（ ）样式。

6. 线性标注用于标注对象的（ ）和（ ）尺寸。

7. 角度标注可以标注的对象有（ ）、（ ）和（ ）。

8. 折弯标注用于为（ ）和（ ）添加折弯标注。

9. 基线标注用于从上一个标注或选定标注的（ ）处创建线性标注、角度标注或坐标标注。

6.9.2 连线（将左边功能与右边命令相连）

公差标注   DIMLINEAR

折弯线性   DIMARC

引线标注   TOLERANCE

折断标注   DIMALIGNED

等距标注   QDIM

连续标注   DIMANGULAR

基线标注   DIMDIAMETER

快速标注   DIMJOGGED

角度标注   DIMRADIUS

直径标注   DIMORDINATE

半径标注   DIMBASELINE

折弯标注   DIMCONTINUE

坐标标注   DIMSPACE

弧长标注   DIMBREAD

对齐标注   DIMJOGLINE

线性标注   QLEADER

6.9.3 简答题

1. 简述尺寸标注的组成。
2. 简述尺寸标注的规则。
3. 简述尺寸标注的步骤。
4. 在"标注样式"对话框中，包含哪些选项的设置？

6.9.4 操作题

绘制出如下图所示的图形，并标注尺寸。

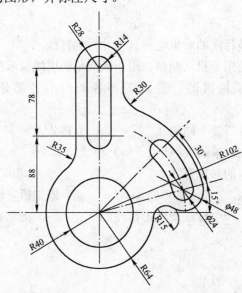

第7章 三维绘图

下图是一个木制沙发图，在绘制该图形的过程中要用到直线、样条曲线、面域、拉伸和倒圆角等相关命令，这些命令在 AutoCAD 实际工作中是常用命令，因此，读者一定要掌握这些命令的应用。

此图形的绘制请参见配套练习册中第7章。

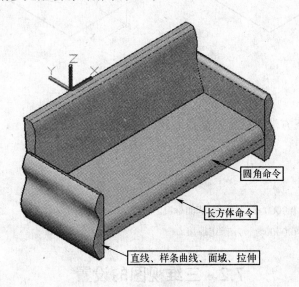

本章知识点

在前面几章中介绍了利用 AutoCAD 绘制和编辑二维图形，本章将主要介绍三维图形的绘制与编辑，因为三维图形富有立体感，更易为人们所接受，是图形设计的发展方向。

7.1   三维图形元素的创建

7.1.1   三维点的坐标

在绘制三维图形中，构成图形的每一个顶点均应是三维空间中的点，即每一点均应有 X、Y、Z 三个坐标。AutoCAD 的点和线命令等都接受三维点坐标的输入，三维点坐标的表示方式主要有：

X，Y，Z   （绝对直角坐标）

@X，Y，Z   （相对直角坐标）

我们在第2章中介绍了二维坐标，三维坐标与二维坐标的不同之处就在于它要多一个 Z 值。因此，这里就不再讲述了。

7.1.2　基面

基面指画图的基准平面，系统默认为当前 UCS 的 XY 平面，即画出的图形始终与 XY 平面重合。用户可以通过 ELEV 命令设置新的标高基面，再绘制如图 7.1（a）所示的图形，可以看出图形就没与 XY 平面重合了，以后画的图形就基于新的基面上了，如图 7.1（b）所示。

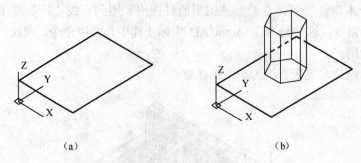

（a）　　　　　　　　　　　　　　　　（b）

图 7.1　基面的应用

用户可以通过以下方法来启用基面命令。

命令：_ELEV

命令及提示：

命令: ELEV

指定新的默认标高 <0.0000>:　　　　指定基面标高

指定新的默认厚度 <0.0000>:　　　　指定厚度

7.2　三维视图的设置

在 AutoCAD 中绘制二维图时，所进行的绘图工作都是在 XY 平面上进行的，绘图的视点不需要改变；而在绘制三维图形时，一个视点往往不能满足观察物体各部位的需要，这时就应根据需要使用不同的二维或三维视图。图 7.2 和图 7.3 显示了吧台吧柜不同视点方向的二维视图和三维轴测图的效果。

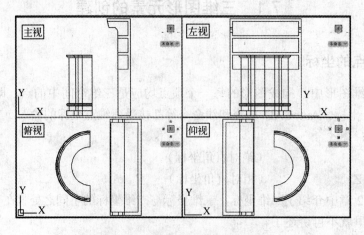

图 7.2　四个不同视点的二维视图

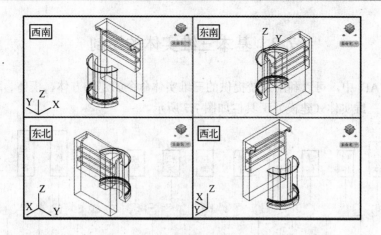

图 7.3 四个不同视点等轴测图

用户可以通过以下 3 种方法来启用该功能。

① 命令：VIEW（如图 7.4 所示）

② 菜单：单击"视图/三维视图"（如图 7.5 所示）

图 7.4 "视图管理器"对话框   图 7.5 "三维视图"子菜单

③ 工具栏："视图"工具栏（如图 7.6 所示）

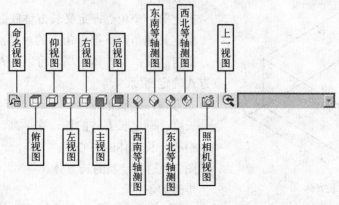

图 7.6 "视图"工具栏

7.3　基本三维实体的绘制

在 AutoCAD 中，可以利用系统提供的三维实体命令创建长方体、楔体、球体等基本三维实体。基本三维实体（建模）工具栏如图 7.7 所示。

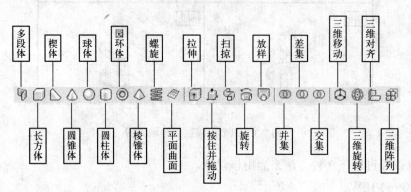

图 7.7　"建模"工具栏

7.3.1　长方体

长方体命令用于绘制长方体或正方体。

用户可以通过以下 3 种方法来启用长方体命令。

① 命令：_BOX

② 菜单：单击"绘图/建模/长方体"

③ 工具栏：单击"建模/长方体"按钮

命令及提示：

> 命令：_box
> 指定第一个角点或 [中心(C)]:
> 指定其他角点或 [立方体(C)/长度(L)]:
> 指定高度或 [两点(2P)] <-100.0000>:

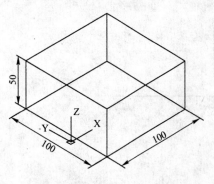

图 7.8　长方体

参数如下。

指定第一个角点：定义长方体底面的第一个角点。

指定其他角点：第一角点的对角点。

指定高度：长方体的高，可以输入一个值或通过两点方式确定高度。

立方体：绘制正方体。

长度：确定长方体的长、宽、高。

中心：长方体的中心点。

图 7.8 是所绘制的长方体。

步骤如下：

> 命令：_box

指定第一个角点或 [中心(C)]:　　在某一点单击鼠标左键

指定其他角点或 [立方体(C)/长度(L)]: L

指定长度 <120.0000>: 100

指定宽度 <70.0000>: 100

指定高度或 [两点(2P)] <95.8911>: 50

7.3.2　球体

球体命令用于创建三维实体球体。

用户可以通过以下 3 种方法来启用球体命令。

① 命令：_ SPHERE

② 菜单：单击"绘图/建模/球体"

③ 工具栏：单击"建模/球体"按钮

命令及提示：

命令: _sphere

指定中心点或 [三点(3P)/两点(2P)/切点、切点、半径(T)]:

指定半径或 [直径(D)] <35.0000>:

参数如下。

中心点：指定球体的圆心。

半径：定义球体的半径。

直径：定义球体的直径。

三点：通过在三维空间的任意位置指定三个点来定义球体的圆周。三个指定点也可以定义圆周平面。

两点：通过在三维空间的任意位置指定两个点来定义球体的圆周。第一点的 Z 值定义圆周所在平面。

切点、切点、半径：通过指定半径定义可与两个对象相切的球体（如图 7.9 所示）。

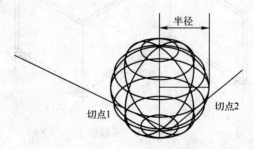

图 7.9　"切点、切点、半径"方式绘制的球体

7.3.3　多段体

多段体命令用于创建类似于三维墙体的多段体。

用户可以通过以下 3 种方法来启用多段体命令。

① 命令：_ POLYSOLID

② 菜单：单击"绘图/建模/多段体"

③ 工具栏：单击"建模/多段体"按钮

命令及提示：

指定起点或 [对象(O)/高度(H)/宽度(W)/对正(J)] <对象>:

指定下一点或 [圆弧(A)/放弃(U)]:

参数如下。

对象：指定要转换为实体的对象。可以转换直线、圆弧、二维多段线、圆。

高度：指定实体的高度。

宽度：指定实体的宽度。

对正：使用命令定义轮廓时，可以将实体的宽度和高度设定为左对正、右对正或居中。对正方式由轮廓的第一条线段的起始方向决定。

下一点：指定下一点或 [圆弧(A)/闭合(C)/放弃(U)]:，指定实体轮廓的下一点、输入选项或按 Enter 键结束命令。

圆弧：将圆弧段添加到实体中。圆弧的默认起始方向与上次绘制的线段相切。可以使用"方向"选项指定不同的起始方向。

指定圆弧的端点或 [闭合(C)/方向(D)/直线(L)/第二个点(S)/放弃(U)]。

闭合：通过从指定的实体的最后一点到起点创建直线段或圆弧段来闭合实体。必须至少指定两个点才能使用该选项。

方向：指定圆弧段的起始方向。

直线：退出"圆弧"选项并返回初始 POLYSOLID 命令提示。

第二点：指定三点圆弧段的第二个点和端点。

放弃：删除最后添加到实体的圆弧段。

多段体如图 7.10 所示。

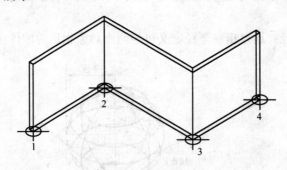

图 7.10　多段体

步骤如下：

命令：_Polysolid

指定起点或 [对象(O)/高度(H)/宽度(W)/对正(J)] <对象>: h 指定高度 <10.0000>: 25

高度 = 25.0000, 宽度 = 2.0000, 对正 = 居中

指定起点或 [对象(O)/高度(H)/宽度(W)/对正(J)] <对象>:　　捕捉点 1

指定下一个点或 [圆弧(A)/放弃(U)]:　　捕捉点 2

指定下一个点或 [圆弧(A)/放弃(U)]:　　捕捉点 3

指定下一个点或 [圆弧(A)/放弃(U)]:　　捕捉点 4

指定下一个点或 [圆弧(A)/闭合(C)/放弃(U)]:　　按 Enter 键结束

7.3.4　圆锥体

圆锥体命令用于创建三维实体圆锥体，该实体以圆或椭圆为底面，以对称方式形成锥体表面，最后交于一点，或交于圆或椭圆的平整面。

用户可以通过以下 3 种方法来启用圆锥体命令。

① 命令：_CONE

② 菜单：单击"绘图/建模/圆锥体"

③ 工具栏：单击"建模/圆锥体"按钮

命令及提示：

命令：_cone

指定底面的圆心或 [三点(3P)/两点(2P)/相切、相切、半径(T)/椭圆(E)]:

指定底面半径或 [直径(D)] <默认值>:

指定高度或 [两点(2P)/轴端点(A)/顶面半径(T)] <默认值>:

参数如下。

指定底面的圆点：指定圆锥体底面中心点。

三点：通过指定三个点来定义圆锥体的底面（如图 7.11 所示）。

两点：通过指定两个点来定义圆锥体的底面直径。

切点、切点、半径：定义具有指定半径，且与两个对象相切的圆锥体底面。有时会有多个底面符合指定的条件。程序将绘制具有指定半径的底面，其切点与选定点的距离最近。

椭圆：指定圆锥体的底面为椭圆。

两点：通过指定底面中心和顶面中心画圆锥体，指定圆锥体的高度为两个指定点之间的距离。

轴端点：指定圆锥体轴的端点位置。轴端点是圆锥体的顶点，或圆台的顶面圆心，轴端点可以位于三维空间的任意位置。轴端点定义了圆锥体的长度和方向。

顶面半径：指定创建圆锥体平截面时圆锥体的顶面半径。最初，默认顶面半径未设定任何值。执行绘图任务时，顶面半径的默认值始终是先前输入的任意实体图元的顶面半径值。

高度：指圆锥体底面中心到顶面中心的距离。

直径：指定圆锥体的底面直径。最初，默认直径未设定任何值。执行绘图任务时，直径的默认值始终是先前输入的任意实体图元的直径值。

图 7.12 是采用"圆心、半径、高度"的方式绘制的圆锥体。

步骤如下：

命令：_cone

指定底面的中心点或 [三点(3P)/两点(2P)/切点、切点、半径(T)/椭圆(E)]:　　捕捉点 1

指定底面半径或 [直径(D)] <11.7988>:　　捕捉点 2

指定高度或 [两点(2P)/轴端点(A)/顶面半径(T)] <65.3174>:　　捕捉点 3

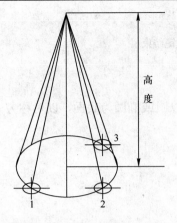

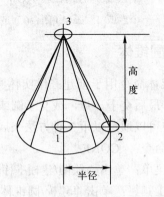

图 7.11 "3 点"方式绘制的圆锥体　　图 7.12 "圆心、半径、高度"的方式绘制的圆锥体

7.3.5　楔体

楔体命令用于创建三维实体楔体，倾斜方向始终沿 UCS 的 X 轴正方向。

用户可以通过以下 3 种方法来启用楔体命令。

① 命令：_WEDGE

② 菜单：单击"绘图/建模/楔体"

③ 工具栏：单击"建模/楔体"按钮

命令及提示：

指定第一个角点或 [中心点(C)]:

指定其他角点或 [立方体(C)/长度(L)]:

如果使用与第一个角点不同的 Z 值指定楔体的其他角点，那么将不显示高度提示。

指定高度或 [两点(2P)] <默认值>:

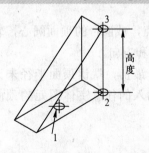

图 7.13 "中心点、角点、高度"
方式绘制的楔体

输入正值将沿当前 UCS 的 Z 轴正方向绘制高度。输入负值将沿 Z 轴负方向绘制高度。

参数如下。

第一个角点或 [中心点(C)]：指定点或输入 C 指定圆心。

其他角点或 [立方体(C)/长度(L)]：指定楔体的另一角点或输入选项。

指定高度或 [两点(2P)]：指定高度或为"两点"选项输入 2P。

中心点：使用指定的中心点创建楔体（如图 7.13 所示）。

步骤如下：

命令: _wedge

指定第一个角点或 [中心(C)]: c

指定中心:　　　捕捉点 1

指定角点或 [立方体(C)/长度(L)]:　　捕捉点 2

指定高度或 [两点(2P)] <61.6374>:　　捕捉点 3

立方体：创建等边楔体。

长度：按照指定长宽高创建楔体。长度与 X 轴对应，宽度与 Y 轴对应，高度与 Z 轴对应。如果用拾取点以指定长度，则还要指定在 XY 平面上的旋转角度。

两点：指定楔体的高度为两个指定点之间的距离。

7.3.6 圆柱体

圆柱体命令用于创建三维实体圆柱体。圆柱体的底面始终位于与工作平面平行的平面上。

用户可以通过以下 3 种方法来启用圆柱体命令。

① 命令：_CYLINDER

② 菜单：单击"绘图/建模/圆柱体"

③ 工具栏：单击"建模/圆柱体"按钮

命令及提示：

指定底面的圆心或 [三点(3P)/两点(2P)/相切、相切、半径(T)/Elliptical(E)]： 指定圆心或输入选项

指定底面半径或 [Diameter(D)] <默认值>： 指定底面半径、输入 d 指定直径或按 Enter 键指定默认的底面半径值

指定高度或 [2Point(2P)/轴端点(A)] <默认值>： 指定高度、输入选项或按 Enter 键指定默认高度值

参数如下。

利用"圆心、半径、高度"方式绘制的圆柱（如图 7.14 所示）。

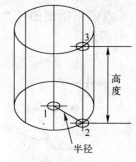

图 7.14 利用"圆心、半径、高度"方式绘制的圆柱

步骤如下：

命令：_cylinder

指定底面的中心点或 [三点(3P)/两点(2P)/切点、切点、半径(T)/椭圆(E)]： 捕捉点 1

指定底面半径或 [直径(D)] <20.0000>： 捕捉点 2

指定高度或 [两点(2P)/轴端点(A)] <63.4502>： 捕捉点 3

三点：通过指定三个点来定义圆柱体的底面周长和底面。

两点：通过指定两个点来定义圆柱体的底面直径。

切点、切点、半径：定义具有指定半径，且与两个对象相切的圆柱体底面。有时会有多个底面符合指定的条件。程序将绘制具有指定半径的底面，其切点与选定点的距离最近。

椭圆 Elliptical(E)：指定圆柱体的椭圆底面（椭圆柱如图 7.15 所示）。

步骤如下：

命令: _cylinder

指定底面的中心点或 [三点(3P)/两点(2P)/切点、切点、半径(T)/椭圆(E)]: e

指定第一个轴的端点或 [中心(C)]: c

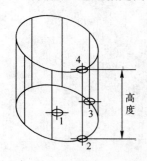

图 7.15 椭圆柱

指定中心点： 捕捉点 1

指定到第一个轴的距离 <22.2543>： 捕捉点 2

指定第二个轴的端点： 捕捉点 3

指定高度或 [两点(2P)/轴端点(A)] <46.7925>:　　捕捉点 4

7.3.7　圆环体

圆环体命令用于创建圆环形的三维实体，可以通过指定圆环体的圆心、半径或直径以及围绕圆环体的圆管的半径或直径创建圆环体。

用户可以通过以下 3 种方法来启用圆环体命令。

① 命令：_ TORUS

② 菜单：单击"绘图/建模/圆环体"

③ 工具栏：单击"建模/圆环体"按钮

命令及提示：

命令: _torus

指定中心点或 [三点(3P)/两点(2P)/切点、切点、半径(T)]:

指定半径或 [直径(D)] <17.7349>:

指定圆管半径或 [两点(2P)/直径(D)]:

参数如下。

"中心、半径、圆管半径"：通过指定圆环体的中心点、圆环体的半径和圆管半径的方式来创建圆环体。

三点：用指定的三个点定义圆环体的圆周。三个指定点也可以定义圆周平面（如图 7.16 所示）。

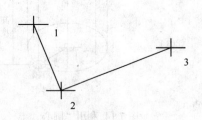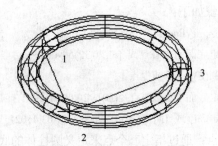

图 7.16　"三点"方式绘制的圆环体

步骤如下：

命令: _torus

指定中心点或 [三点(3P)/两点(2P)/切点、切点、半径(T)]: 3p

指定第一点:　　　捕捉点 1

指定第二点:　　　捕捉点 2

指定第三点:　　　捕捉点 3

指定圆管半径或 [两点(2P)/直径(D)] <14.4954>: 10

两点：用指定的两个点定义圆环体的圆周。第一点的 Z 值定义圆周所在平面。

切点、切点、半径：使用指定半径定义可与两个对象相切的圆环体。指定的切点将投影到当前 UCS。

半径：定义圆环体的半径（从圆环体中心到圆管中心的距离）。负的半径值创建形似美式橄榄球的实体。

注意

圆管半径指将圆环体切断后切面的半径，圆环体的半径是指从中心点到圆环体切面圆心的距离（如图 7.17 所示）。

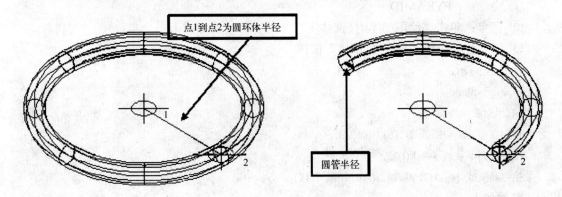

图 7.17 圆管半径与圆环体的半径

7.3.8 平面曲面

平面曲面命令可以通过选择关闭的对象或指定矩形表面的对角点创建平面曲面。还支持首先拾取选择并基于闭合轮廓生成平面曲面。通过命令指定曲面的角点时，将创建平行于工作平面的曲面（平面曲面如图 7.18）。

用户可以通过以下 3 种方法来启用平面曲面命令。

① 命令：_PLANESURF

② 菜单：单击"绘图/建模/曲面/平面"

③ 工具栏：单击"建模/平面曲面"按钮

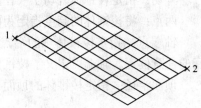

图 7.18 平面曲面

命令及提示：

命令: _Planesurf

指定第一个角点或 [对象(O)] <对象>:

指定其他角点:

参数如下。

对象：通过对象选择来创建平面曲面或修剪曲面。可以选择构成封闭区域的一个闭合对象或多个对象。与 REGION 命令类似，有效对象包括直线、圆、圆弧、椭圆、椭圆弧、二维多段线、平面三维多段线和平面样条曲线。

 注意

SURFU 和 SURFV 系统变量可控制曲面上显示的行数。

7.3.9　棱锥体

棱锥体命令用于创建三维实体棱锥体。默认情况下，可以通过底面的中心、底面的半径和高度来定义一个棱锥体。

用户可以通过以下 3 种方法来启用棱锥体命令。

① 命令：_PYRAMID

② 菜单：单击"绘图/建模/棱锥体"

③ 工具栏：单击"建模/棱锥体"按钮

命令及提示：

命令: _pyramid
 4 个侧面　外切
指定底面的中心点或 [边(E)/侧面(S)]:
指定底面半径或 [内接(I)]:
指定高度或 [两点(2P)/轴端点(A)/顶面半径(T)]:

参数如下。

边：指定棱锥体底面一条边的长度；拾取两点（如图 7.19 所示）。

侧面：指定棱锥体的侧面数。可以输入 3 到 32 之间的数。最初，棱锥体的侧面数设定为 4。执行绘图任务时，侧面数的默认值始终是先前输入的侧面数的值。

内接：指定棱锥体底面内接于（在内部绘制）棱锥体的底面半径。

外切：指定棱锥体外切于（在外部绘制）棱锥体的底面半径。

两点：将棱锥体的高度指定为两个指定点之间的距离。

轴端点：指定棱锥体轴的端点位置。该端点是棱锥体的顶点。轴端点可以位于三维空间的任意位置。轴端点定义了棱锥体的长度和方向。

顶面半径：指定棱锥体的顶面半径，并创建棱锥体平截面（如图 7.20 所示）。

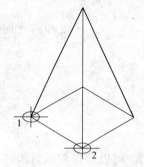

图 7.19　"边"方式绘制的棱锥体

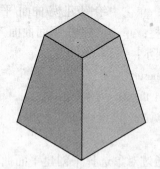

图 7.20　顶面半径为非零的棱锥体

7.4　二维图形转换成三维实体

在 AutoCAD 中，所有复杂的三维实体都是由简单的二维图形通过编辑加工而得到的，本节我们就主要讲解怎样将二维图形编辑为三维实体，例如旋转、拉伸、放样和按住并拖动等命令的应用。

7.4.1 拉伸

该命令可以将二维图形沿 Z 轴或某个方向拉伸成实体或曲面。拉伸对象被称为断面，可以是任何二维封闭多段线、圆、矩形、样条曲线和面域等。多段线对象的顶点数不能超过500 个，但又不能少于 3 个。

用户可以通过以下 3 种方法来启用拉伸命令。

① 命令：_ EXTRUDE

② 菜单：单击"绘图/建模/拉伸"

③ 工具栏：单击"建模/拉伸"按钮

命令及提示：

命令: _extrude

当前线框密度： ISOLINES=8，闭合轮廓创建模式=实体

选择要拉伸的对象或 [模式(MO)]: _MO 闭合轮廓创建模式 [实体(SO)/曲面(SU)] <实体>: _SO

选择要拉伸的对象或 [模式(MO)]: 找到 1 个

选择要拉伸的对象或 [模式(MO)]:

指定拉伸的高度或 [方向(D)/路径(P)/倾斜角(T)/表达式(E)] <-324.4511>:

参数如下。

要拉伸的对象：指定要拉伸的对象。

模式：控制拉伸对象是实体还是曲面。

拉伸高度：如果输入正值，将沿对象所在坐标系的 Z 轴正方向拉伸对象。如果输入负值，将沿 Z 轴负方向拉伸对象。对象不必平行于同一平面。如果所有对象均处于同一平面上，将沿该平面的法线方向拉伸对象。

默认情况下，将沿对象的法线方向拉伸平面对象（如图 7.21 所示）。

方向：用两个指定点指定拉伸的长度和方向。

指定方向的起点：指定方向矢量中的第一个点。

指定方向的端点：指定方向矢量中的第二个点。

路径：指定基于选定对象的拉伸路径。路径将移动到轮廓的质心，然后沿选定路径拉伸选定对象的轮廓以创建实体或曲面（如图 7.22 所示）。

图 7.21 拉伸高度

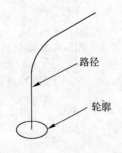
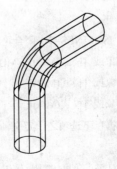

图 7.22 沿路径拉伸

倾斜角：指定拉伸的倾斜角（如图 7.23 所示）。

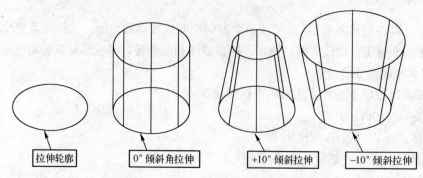

| 拉伸轮廓 | 0°倾斜角拉伸 | +10°倾斜拉伸 | −10°倾斜拉伸 |

图 7.23　倾斜拉伸

正角度表示从基准对象逐渐变细地拉伸，而负角度则表示从基准对象逐渐变粗地拉伸。默认角度 0 表示在与二维对象所在平面垂直的方向上进行拉伸。所有选定的对象和环都将倾斜到相同的角度。

指定一个较大的倾斜角或较长的拉伸高度，将导致对象或对象的一部分在到达拉伸高度之前就已经汇聚到一点。

当圆弧是锥状拉伸的一部分时，圆弧的张角保持不变而圆弧的半径则改变了。

● 倾斜角：指定−90°到+90°之间的倾斜角。

● 指定两个点：指定基于两个指定点的倾斜角。倾斜角是这两个指定点之间的距离。

可以水平拖动光标以指定和预览倾斜角，也可以拖动光标以调整和预览拉伸高度。动态输入原点在拉伸形状上应位于该点在该形状的投影处。

选择拉伸对象时，倾斜夹点的位置是动态输入原点在拉伸顶面上的对应点。

表达式：输入公式或方程式以指定拉伸高度。

7.4.2　旋转

旋转命令用于通过旋转对象创建三维实体或曲面。

用户可以通过以下 3 种方法来启用旋转命令。

① 命令：_REVOLVE

② 菜单：单击"绘图/建模/旋转"

③ 工具栏：单击"建模/旋转"按钮

命令及提示：

```
命令: _revolve
当前线框密度: ISOLINES=8, 闭合轮廓创建模式 = 实体
选择要旋转的对象或 [模式(MO)]: _MO 闭合轮廓创建模式 [实体(SO)/曲面(SU)] <实体>: _SO
选择要旋转的对象或 [模式(MO)]: 找到 1 个
选择要旋转的对象或 [模式(MO)]:
指定轴起点或根据以下选项之一定义轴 [对象(O)/X/Y/Z] <对象>: o
选择对象:
指定旋转角度或 [起点角度(ST)/反转(R)/表达式(EX)] <360>:
```

参数如下。

要旋转的对象：指定要绕某个轴旋转的轮廓。

模式：控制是创建实体还是曲面。会将曲面延伸为 NURBS 曲面或程序曲面，具体取决于 SURFACEMODELINGMODE 系统变量。

轴起点：指定旋转轴的第一个点。

轴端点：设定旋转轴的端点。

起点角度：为从旋转对象所在平面开始的旋转指定偏移。可以拖动光标以指定和预览对象的起点角度。

旋转角度：指定选定对象绕轴旋转的角度。正角度将按逆时针方向旋转对象，负角度将按顺时针方向旋转对象。还可以拖动光标以指定和预览旋转角度（如图 7.24 所示）。

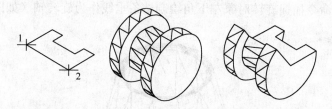

图 7.24　不同旋转角度的效果

对象：指定要用作轴的现有对象。轴的正方向从该对象的最近端点指向最远端点，可以将直线、线性多段线以及实体或曲面的线性边用作轴（如图 7.25 所示）。

X（轴）：将当前 UCS 的 X 轴正向设定为轴的正方向（如图 7.26 所示）。

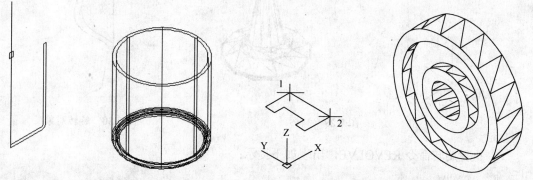

图 7.25　以直线为旋转轴的旋转体

图 7.26　绕 X 轴旋转

Y（轴）：将当前 UCS 的 Y 轴正向设定为轴的正方向（如图 7.27 所示）。

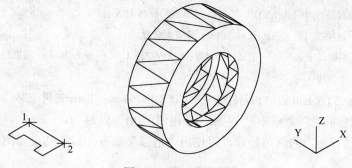

图 7.27　绕 Y 轴旋转

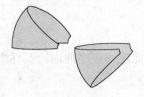

图 7.28　反转效果

Z（轴）：将当前 UCS 的 Z 轴正向设定为轴的正方向。

反转：更改旋转方向，类似于输入负角度值。右侧的旋转对象显示按照与左侧对象相同的角度旋转，但使用反转选项的样条曲线（如图 7.28 所示）。

表达式：输入公式或方程式以指定旋转角度。

图 7.29 所示的酒杯就是使用旋转命令完成的。

步骤如下。

① 将当前视图改为主视图（"视图/三维视图/前视"）。

② 用前面所学的二维绘图命令和编辑命令绘制如图 7.30 所示图形，并生成面域作为旋转对象。

③ 执行直线命令捕捉旋转对象左下角绘制一条垂线作为旋转轴（如图 7.30 所示）。

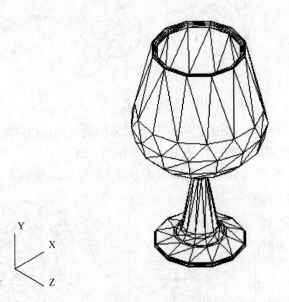

图 7.29　酒杯

图 7.30　旋转对象

④ 执行旋转命令 REVOLVE，出现如下提示：

```
命令: _revolve
当前线框密度: ISOLINES=8，闭合轮廓创建模式 = 实体
选择要旋转的对象或 [模式(MO)]: _MO 闭合轮廓创建模式 [实体(SO)/曲面(SU)] <实体>: _SO
选择要旋转的对象或 [模式(MO)]: 选择前面绘制的旋转对象
选择要旋转的对象或 [模式(MO)]: 按 Enter 键结束选择
指定轴起点或根据以下选项之一定义轴 [对象(O)/X/Y/Z] <对象>: 输入选项 O 以直线对象作为旋转轴
选择对象: 选择直线
指定旋转角度或 [起点角度(ST)/反转(R)/表达式(EX)] <360>: 按 Enter 键执行 360° 旋转
```

⑤ 再切换到西南等轴测图（"视图/三维视图/西南等轴测"）。

⑥ 将杯口进行适当的圆角处理，再使用"消隐"命令，最终结果如图 7.29 所示。

7.4.3 扫掠

扫掠命令用于通过沿开放或闭合路径扫掠开放或闭合的平面曲线或非平面曲线（轮廓），创建实体或曲面。开放的曲线创建曲面，闭合的曲线创建实体或曲面（具体取决于指定的模式）。

用户可以通过以下 3 种方法来启用扫掠命令。

① 命令：_ SWEEP

② 菜单：单击"绘图/建模/扫掠"

③ 工具栏：单击"建模/扫掠"按钮

命令及提示：

命令：_sweep

当前线框密度：ISOLINES=8，闭合轮廓创建模式 = 实体

选择要扫掠的对象或 [模式(MO)]：_MO 闭合轮廓创建模式 [实体(SO)/曲面(SU)] <实体>：_SO

选择要扫掠的对象或 [模式(MO)]：找到 1 个

选择要扫掠的对象或 [模式(MO)]：

选择扫掠路径或 [对齐(A)/基点(B)/比例(S)/扭曲(T)]：

参数如下。

要扫掠的对象：指定要用作扫掠截面轮廓的对象。

扫掠路径：基于选择的对象指定扫掠路径。

模式：控制扫掠动作是创建实体还是创建曲面。会将曲面扫掠为 NURBS 曲面或程序曲面，具体取决于 SURFACEMODELINGMODE 系统变量。

对齐：指定是否对齐轮廓以使其作为扫掠路径切向的法向。

基点：指定要扫掠对象的基点。

比例：指定比例因子以进行扫掠操作。从扫掠路径的开始到结束，比例因子将统一应用到扫掠的对象。

扭曲：设置正被扫掠的对象的扭曲角度。

 注意

　　如果轮廓与路径起点的切向不垂直（法线未指向路径起点的切向），则轮廓将自动对齐。出现对齐提示时输入 No 以避免该情况的发生。

图 7.31 所示的弹簧效果就是利用扫掠命令制作而成的。

绘制步骤如下。

① 切换到西南等轴测图绘制图 7.31 中左图所示的螺旋线扫掠路径。

② 通过旋转 UCS 使其平行于扫掠对象（图中的圆），绘制适当大小的圆。

③ 执行扫掠命令 SWEEP，命令行出现如下提示：

命令：_sweep

当前线框密度：ISOLINES=8，闭合轮廓创建模式 = 实体

选择要扫掠的对象或 [模式(MO)]: _MO 闭合轮廓创建模式 [实体(SO)/曲面(SU)] <实体>: _SO

选择要扫掠的对象或 [模式(MO)]:　　　　选择左图中的圆

选择要扫掠的对象或 [模式(MO)]:　　　　按 Enter 键结束选择

选择扫掠路径或 [对齐(A)/基点(B)/比例(S)/扭曲(T)]:　　　　选择螺旋线作为路径并按鼠标右键或 Enter 键结束扫掠

④ 最终效果如图 7.31 右图所示。

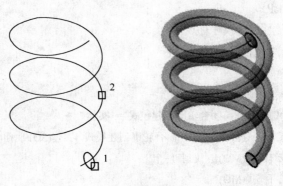

图 7.31　弹簧

7.4.4　放样

放样命令用于通过指定一系列横截面来创建三维实体或曲面。横截面定义了结果实体或曲面的形状。必须至少指定两个横截面（效果如图 7.32 所示）。

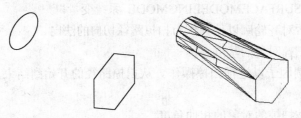

图 7.32　放样

用户可以通过以下 3 种方法来启用放样命令。

① 命令：_LOFT

② 菜单：单击"绘图/建模/放样"

③ 工具栏：单击"建模/放样"按钮

命令及提示：

命令: _loft

当前线框密度：ISOLINES=8，闭合轮廓创建模式 = 实体

按放样次序选择横截面或 [点(PO)/合并多条边(J)/模式(MO)]: _MO 闭合轮廓创建模式 [实体(SO)/曲面(SU)] <实体>: _SO

按放样次序选择横截面或 [点(PO)/合并多条边(J)/模式(MO)]: PO

按放样次序选择横截面或 [点(PO)/合并多条边(J)/模式(MO)]: 找到 1 个

按放样次序选择横截面或 [点(PO)/合并多条边(J)/模式(MO)]: 找到 1 个, 总计 2 个
按放样次序选择横截面或 [点(PO)/合并多条边(J)/模式(MO)]: 找到 1 个, 总计 3 个
按放样次序选择横截面或 [点(PO)/合并多条边(J)/模式(MO)]: 找到 1 个, 总计 4 个
按放样次序选择横截面或 [点(PO)/合并多条边(J)/模式(MO)]:
选中了 4 个横截面
输入选项 [导向(G)/路径(P)/仅横截面(C)/设置(S)/连续性(CO)/凸度幅值(B)] <仅横截面>:

参数如下。

按放样次序选择横截面：按曲面或实体将通过曲线的次序指定开放或闭合曲线。

点：如果选择"点"选项，还必须选择闭合曲线。

合并多条边：将多个端点相交曲线合并为一个横截面。

模式：控制放样对象是实体还是曲面。

连续性：仅当 LOFTNORMALS 系统变量设定为 1（平滑拟合）时，此选项才显示。指定在曲面相交的位置连续性为 G0、G1 还是 G2。

凸度幅值：仅当 LOFTNORMALS 系统变量设定为 1（平滑拟合）时，此选项才显示。为其连续性为 G1 或 G2 的对象指定凸度幅值。

导向：指定控制放样实体或曲面形状的导向曲线。可以使用导向曲线来控制点如何匹配相应的横截面以防止出现不希望看到的效果。

路径：指定放样实体或曲面的单一路径。路径曲线必须与横截面的所有平面相交。

仅横截面：在不使用导向或路径的情况下，创建放样对象。

设置：显示"放样设置"对话框（如图 7.33 所示）。

"放样设置"对话框用于控制放样曲面在其横截面处的轮廓。用户还可以闭合曲面或实体。

图 7.34 所示的瓶子就是使用"放样"命令生成的。

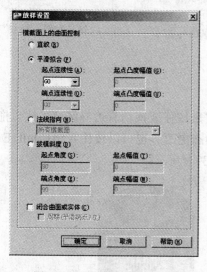

图 7.33　"放样设置"对话框

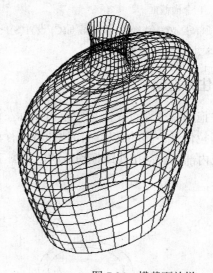

图 7.34　横截面放样

上图的操作步骤如下。

① 在俯视图中以某一点为圆心，绘制如图 7.35 所示的两个大椭圆作为瓶身的放样截面。

② 绘制两个相等的正圆作为瓶口的放样截面，由于两椭圆的大小相同，两正圆的大小相同，所以在图中只能看到一个椭圆和一个正圆，如图 7.35 所示。

③ 切换到西南等轴测图（"视图/三维视图/西南等轴测"）。

④ 将其中一个椭圆向 Z 轴正方向移动 20(@0,0,20)，两个正圆分别向 Z 轴正方向移动 20 和 25，如图 7.36 所示。

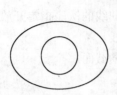

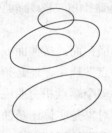

图 7.35　放样截面 1　　　　　　图 7.36　放样截面 2

⑤ 执行放样命令 LOFT，出现提示：

命令:_loft

当前线框密度: ISOLINES=32，闭合轮廓创建模式 = 实体

按放样次序选择横截面或 [点(PO)/合并多条边(J)/模式(MO)]: _MO 闭合轮廓创建模式 [实体(SO)/曲面
(SU)] <实体>: _SO

按放样次序选择横截面或 [点(PO)/合并多条边(J)/模式(MO)]:　　　选取瓶底的椭圆

按放样次序选择横截面或 [点(PO)/合并多条边(J)/模式(MO)]:　　　选取上面的椭圆

按放样次序选择横截面或 [点(PO)/合并多条边(J)/模式(MO)]:　　　选取下面的正圆

按放样次序选择横截面或 [点(PO)/合并多条边(J)/模式(MO)]:　　　选取瓶口的正圆

按放样次序选择横截面或 [点(PO)/合并多条边(J)/模式(MO)]:　　　按 Enter 键结束选取

　选中了 4 个横截面

输入选项 [导向(G)/路径(P)/仅横截面(C)/设置(S)] <仅横截面>:　　　按 Enter 键执行截面放样

⑥ 最终效果如图 7.34 所示。

7.4.5　按住并拖动

按住并拖动命令通过在区域中单击鼠标左键来按住或拖动有边界区域，然后拖动或输入值以指明拉伸量。移动光标时，拉伸将进行动态更改。也可以按住 Ctrl+Shift+E 组合键并单击区域内部以启动按住或拖动活动，如图 7.37 所示。

图 7.37　按住并拖动

用户可以通过以下 2 种方法来启用按住并拖动命令。

① 命令：_ PRESSPULL

② 工具栏：单击"建模/按住并拖动"按钮

命令及提示：

命令：_presspull

单击有限区域以进行按住或拖动操作

已提取 1 个环

已创建 1 个面域

参数如下。

在有边界区域内单击鼠标左键以进行按住或拖动操作：指定要修改的闭合区域，单击鼠标左键并拖动以设置要进行按住或拖动操作的距离，也可以输入一个值。

7.5　三维实体的编辑

在 AutoCAD 中，不但可以创建三维实体，而且可以通过编辑命令将三维实体进一步编辑和加工为更为复杂的图形。本节主要讲解三维阵列、剖切、布尔运算、抽壳、拉伸面和倾斜面等命令的相关操作。实体编辑命令如图 7.38 所示。"三维操作"菜单如图 7.39 所示。

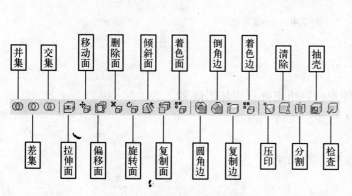

图 7.38　"实体编辑"工具栏

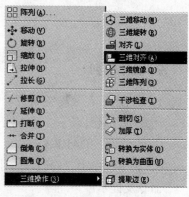

图 7.39　"三维操作"子菜单

7.5.1　三维对齐、三维阵列、三维旋转

1. 三维对齐

该命令用于将三维对象对齐之用。

用户可以通过以下 2 种方法来启用三维对齐命令。

① 命令：_3DALIGN

② 菜单：单击"修改/三维操作/三维对齐"

命令及提示：

命令：_3dalign

选择对象：找到 1 个

选择对象:选择楔体

　指定源平面和方向 ...

指定基点或 [复制(C)]:　　　　捕捉 A 点

指定第二个点或 [继续(C)] <C>:　　　捕捉 B 点

指定第三个点或 [继续(C)] <C>:　　　捕捉 C 点

指定目标平面和方向 ...

指定第一个目标点:　　　　　捕捉 1 点

指定第二个目标点或 [退出(X)] <X>:　　　捕捉 2 点

指定第三个目标点或 [退出(X)] <X>:　　　捕捉 3 点

最终效果如图 7.40 所示。

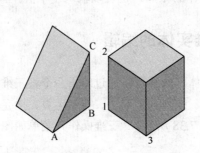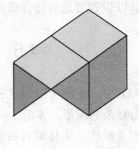

图 7.40　三维对齐

2．三维阵列

该命令用于在三维空间中对图形进行矩形阵列或环形阵列。

用户可以通过以下 2 种方法来启用三维阵列命令。

① 命令：_3DARRAY

② 菜单：单击"修改/三维操作/三维阵列"

命令及提示：

命令: _3darray

正在初始化... 已加载 3DARRAY。

选择对象: 指定对角点: 找到 1 个

选择对象:选择图 7.41 左图所示的立方体

输入阵列类型 [矩形(R)/环形(P)] <矩形>:r

输入行数 (---) <1>: 3

输入列数 (|||) <1>: 4

输入层数 (...) <1>: 5

指定行间距 (---): 120

指定列间距 (|||): 120

指定层间距 (...): 150

最终效果如图 7.41 所示。

图 7.41 阵列前后之效果

3．三维旋转

该命令用于在三维空间中旋转图形对象。

用户可以通过以下 2 种方法来启用三维旋转命令。

① 命令：_3DROTATE

② 菜单：单击"修改/三维操作/三维旋转"

命令及提示：

> 命令: _3drotate
>
> UCS 当前的正角方向：ANGDIR=逆时针 ANGBASE=0
>
> 选择对象: 找到 1 个
>
> 选择对象:选择
>
> 指定基点:
>
> 拾取旋转轴:
>
> 指定角的起点或输入角度: 30

最后效果如图 7.42 所示。

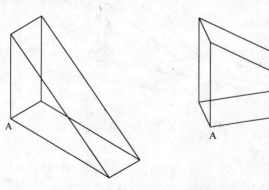

图 7.42 三维旋转前后之效果

7.5.2 三维镜像、剖切、加厚

1．三维镜像

该命令用于将三维图形对象在三维空间中按指定的对称面进行镜像。

用户可以通过以下 2 种方法来启用三维镜像命令。

命令：_MIRROR3D

菜单：单击"修改/三维操作/三维镜像"

命令及提示：

命令: _mirror3d

选择对象: 选取楔体

选择对象: .   按 Enter 键结束选择

指定镜像平面 (三点) 的第一个点或

 [对象(O)/最近的(L)/Z 轴(Z)/视图(V)/XY 平面(XY)/YZ 平面(YZ)/ZX平面(ZX)/三点(3)] <三点>:   按 Enter 键执行三点镜像

指定镜像平面上的第一个点: 捕捉 A 点

在镜像平面上指定第二点: 捕捉 B 点

在镜像平面上指定第三点: 捕捉 C 点

是否删除源对象? [是(Y)/否(N)] <否>:   按 Enter 键结束

结果如图 7.43 所示。

参数如下。

对象：以二维多段线、圆、圆弧等二维对象所在的平面作为镜像平面。

最近的：使用上一次镜像操作所使用的镜像平面作为当前的镜像面。

Z 轴：在三维空间中指定两个点，镜像平面将垂直于两点的连线，并通过第一个选取点。

视图：镜像平面平行于当前视区，并通过用户的拾取点。

XY 平面(XY)/YZ 平面(YZ)/ZX 平面(ZX)：镜像平面平行于 XY、YZ、ZX 平面，并通过用户的拾取点。

三点：通过用户指定任意的三个点作为镜像面完成镜像操作。

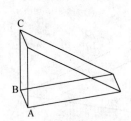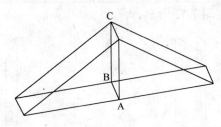

图 7.43   三维镜像前后之效果

2．剖切

该命令用于使用平面将三维实体切成几部分。

用户可以通过以下 2 种方法来启用剖切命令。

① 命令：_SLICE

② 菜单：单击"修改/三维操作/剖切"

命令及提示：

命令: _slice

选择要剖切的对象: 选取长方体

选择要剖切的对象:按 Enter 键结束选取

指定切面的起点或 [平面对象(O)/曲面(S)/Z 轴(Z)/视图(V)/XY(XY)/YZ(YZ)/ZX(ZX)/三点(3)] <三点>:

按 Enter 键执行三点方式剖切

指定平面上的第一个点:　　捕捉 A 点

指定平面上的第二个点:　　捕捉 B 点

指定平面上的第三个点:　　捕捉 C 点

在所需的侧面上指定点或 [保留两个侧面(B)] <保留两个侧面>:　　在剖切面下侧拾取点表示保留下部分

按以上命令提示操作最后效果如图 7.44 所示。

参数如下。

平面对象:以二维多段线、圆、圆弧等二维对象所在的平面作为剖切平面。

曲面:将剪切平面与曲面对齐。

Z 轴:在三维空间中指定两个点,剖切平面将垂直于两点的连线,并通过第一个选取点。

视图:剖切平面平行于当前视区,并通过用户的拾取点。

XY(XY)/YZ(YZ)/ZX(ZX):剖切平面平行于 XY、YZ、ZX 平面,并通过用户的拾取点。

三点:通过用户指定任意的三个点作为剖切平面完成剖切操作。

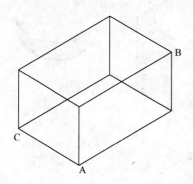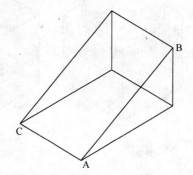

图 7.44　剖切前后之效果

3. 加厚

该命令用于为曲面添加厚度,使其成为一个实体。

用户可以通过以下 2 种方法来启用剖切命令。

① 命令:_THICKEN

② 菜单:单击"修改/三维操作/加厚"

命令及提示:

命令:_thicken

选择要加厚的曲面:　　选取曲面

选择要加厚的曲面:　　按 Enter 键结束选取

指定厚度 <10.0000>:　　加厚为 10 个单位

最后效果如图 7.45 所示。

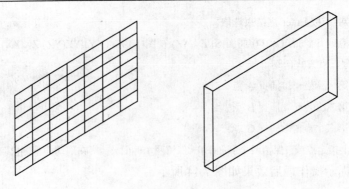

图 7.45　曲面加厚前后之效果

7.5.3　并集、差集、交集

　　三维实体的布尔运算（并集、差集、交集）与 3.1.8 小节讲的面域的组合相同，它们的唯一差别就在于三维实体的布尔运算更直观，这里就不再详细讲述。效果如图 7.46 所示。

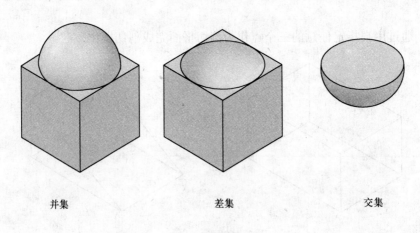

并集　　　　　　　　　　　差集　　　　　　　　　交集

图 7.46　布尔运算

7.5.4　抽壳、分割、压印

1. 抽壳

　　该命令是用指定的一个厚度为三维实体创建一个新的薄层，使其中间为空心，一个三维实体只能有一个壳。

　　用户可以通过以下 3 种方法来启用抽壳命令。

　　① 命令：SOLIDEDIT

　　② 菜单：单击"修改/实体编辑/抽壳"

　　③ 工具栏：单击"实体编辑"工具栏中的"抽壳"按钮

　　命令及提示：

命令:_solidedit

实体编辑自动检查: SOLIDCHECK=1

输入实体编辑选项 [面(F)/边(E)/体(B)/放弃(U)/退出(X)] <退出>: _body

输入体编辑选项

[压印(I)/分割实体(P)/抽壳(S)/清除(L)/检查(C)/放弃(U)/退出(X)] <退出>: _shell

选择三维实体:　　选取长方体

删除面或 [放弃(U)/添加(A)/全部(ALL)]:　　按 Enter 键确认

输入抽壳偏移距离: 10

已开始实体校验

已完成实体校验

输入体编辑选项

[压印(I)/分割实体(P)/抽壳(S)/清除(L)/检查(C)/放弃(U)/退出(X)] <退出>:　　按 Enter 键退出

实体编辑自动检查: SOLIDCHECK=1

输入实体编辑选项 [面(F)/边(E)/体(B)/放弃(U)/退出(X)] <退出>:　　按 Enter 键退出

最后效果如图 7.47 所示（由于实体已着色，抽壳后看不出效果，建议使用线框着色或剖切后才一目了然）。

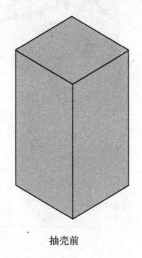
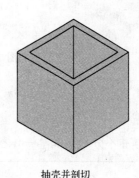

抽壳前　　　　　　　　　　　　　　抽壳并剖切

图 7.47　抽壳并剖切之效果

2. 分割

该命令用于分割实体，即用不相连的体（有时称为块）将一个三维实体对象分割为几个独立的三维实体对象。使用并集操作（UNION）组合离散的实体对象可导致生成不连续的体。

并集或差集操作可导致生成一个由多个连续体组成的三维实体。可以将这些体分割为独立的三维实体，如图 7.48 所示（分割后可以对其单独体编辑颜色等操作）。

用户可以通过以下 3 种方法来启用分割命令。

① 命令：SOLIDEDIT

② 菜单：单击"修改/实体编辑/分割"

③ 工具栏：单击"实体编辑"工具栏中的"分割"按钮

命令及提示：

命令: _solidedit

实体编辑自动检查：SOLIDCHECK=1

输入实体编辑选项 [面(F)/边(E)/体(B)/放弃(U)/退出(X)] <退出>: _body

输入体编辑选项

[压印(I)/分割实体(P)/抽壳(S)/清除(L)/检查(C)/放弃(U)/退出(X)] <退出>: _separate

选择三维实体：　　　选取左图不相连的实体

输入体编辑选项

[压印(I)/分割实体(P)/抽壳(S)/清除(L)/检查(C)/放弃(U)/退出(X)] <退出>：　　按 Enter 键结束

实体编辑自动检查：SOLIDCHECK=1

输入实体编辑选项 [面(F)/边(E)/体(B)/放弃(U)/退出(X)] <退出>：　　按 Enter 键退出

最后效果如图 7.48 所示。

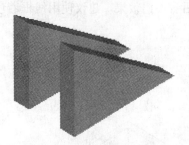 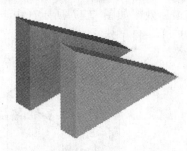

图 7.48　分割前后之效果

 注意

分割实体并不分割形成单一体积的 Boolean 对象。

3. 压印

该命令用于压印三维实体或曲面上的二维几何图形，从而在平面上创建其他边。

用户可以通过以下 3 种方法来启用压印命令。

① 命令：IMPRINT

② 菜单：单击"修改/实体编辑/压印边"

③ 工具栏：单击"实体编辑"工具栏中的"压印"按钮

命令及提示：

命令: _imprint

选择三维实体或曲面：　　选取下边的三维实体

选择要压印的对象：　　选取圆

是否删除源对象 [是(Y)/否(N)] <N>: y

选择要压印的对象：　　按 Enter 键结束压印

最后效果如图 7.49 所示。

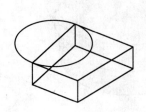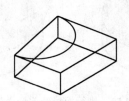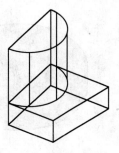

图 7.49 压印及拉伸压印面

7.5.5 拉伸面、移动面

1. 拉伸面

该命令用于拉伸三维实体对象的面。

用户可以通过以下 3 种方法来启用拉伸面命令。

① 命令：SOLIDEDIT

② 菜单：单击"修改/实体编辑/拉伸面"

③ 工具栏：单击"实体编辑"工具栏中的"拉伸面"按钮

命令及提示：

命令：_solidedit

实体编辑自动检查： SOLIDCHECK=1

输入实体编辑选项 [面(F)/边(E)/体(B)/放弃(U)/退出(X)] <退出>：_face

输入面编辑选项

[拉伸(E)/移动(M)/旋转(R)/偏移(O)/倾斜(T)/删除(D)/复制(C)/颜色(L)/材质(A)/放弃(U)/退出(X)] <退出>：_extrude

选择面或 [放弃(U)/删除(R)]： 拾取圆柱顶面

选择面或 [放弃(U)/删除(R)/全部(ALL)]：

指定拉伸高度或 [路径(P)]：50

指定拉伸的倾斜角度 <0>：-10

已开始实体校验

已完成实体校验

输入面编辑选项

[拉伸(E)/移动(M)/旋转(R)/偏移(O)/倾斜(T)/删除(D)/复制(C)/颜色(L)/材质(A)/放弃(U)/退出(X)] <退出>：

按 Enter 键结束面拉伸

实体编辑自动检查： SOLIDCHECK=1

输入实体编辑选项 [面(F)/边(E)/体(B)/放弃(U)/退出(X)] <退出>： 按 Enter 键完成

最后效果如图 7.50 所示。

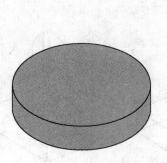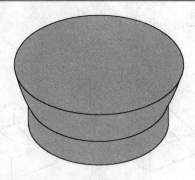

图 7.50　执行面拉伸前后之效果

 注意

> 在输入倾斜角度时，正数向内倾斜，负数向外倾斜。

2. 移动面

该命令用于沿指定的高度或距离移动选定的三维实体对象的面，一次可以选择多个面。

用户可以通过以下 3 种方法来启用移动面命令。

① 命令：SOLIDEDIT

② 菜单：单击"修改/实体编辑/移动面"

③ 工具栏：单击"实体编辑"工具栏中的"移动面"按钮

命令及提示：

```
命令: _solidedit
实体编辑自动检查:  SOLIDCHECK=1
输入实体编辑选项 [面(F)/边(E)/体(B)/放弃(U)/退出(X)] <退出>: _face
输入面编辑选项
[拉伸(E)/移动(M)/旋转(R)/偏移(O)/倾斜(T)/删除(D)/复制(C)/颜色(L)/材质(A)/放弃(U)/退出(X)] <退出>:
_move
选择面或 [放弃(U)/删除(R)]:        选取要移动的面
选择面或 [放弃(U)/删除(R)/全部(ALL)]:        按 Enter 键结束选择
指定基点或位移:        指定位移基准点
指定位移的第二点:        指定目标点
已开始实体校验
已完成实体校验
输入面编辑选项
[拉伸(E)/移动(M)/旋转(R)/偏移(O)/倾斜(T)/删除(D)/复制(C)/颜色(L)/材质(A)/放弃(U)/退出(X)] <退出>:
按 Enter 键结束
实体编辑自动检查:  SOLIDCHECK=1
输入实体编辑选项 [面(F)/边(E)/体(B)/放弃(U)/退出(X)] <退出>:        按 Enter 键退出
```

移动面的效果如图 7.51 所示。

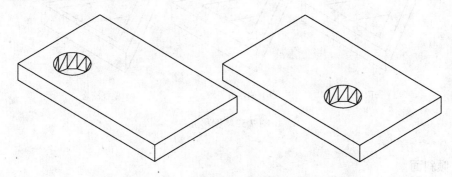

图 7.51 移动面

7.5.6 偏移面、倾斜面、旋转面

1. 偏移面

该命令用于偏移三维实体的面。偏移的实体对象内孔的大小随实体体积的增加而减小。设置正值增加实体大小，设置负值减小实体大小。

用户可以通过以下 3 种方法来启用偏移面命令。

① 命令：SOLIDEDIT

② 菜单：单击"修改/实体编辑/偏移面"

③ 工具栏：单击"实体编辑"工具栏中的"偏移面"按钮

命令及提示：

命令：_solidedit

实体编辑自动检查： SOLIDCHECK=1

输入实体编辑选项 [面(F)/边(E)/体(B)/放弃(U)/退出(X)] <退出>: _face

输入面编辑选项

[拉伸(E)/移动(M)/旋转(R)/偏移(O)/倾斜(T)/删除(D)/复制(C)/颜色(L)/材质(A)/放弃(U)/退出(X)] <退出>: _offset

选择面或 [放弃(U)/删除(R)]: 选取面 1

选择面或 [放弃(U)/删除(R)/全部(ALL)]: 按 Enter 键结束选择

指定偏移距离: 5

已开始实体校验

已完成实体校验

输入面编辑选项

[拉伸(E)/移动(M)/旋转(R)/偏移(O)/倾斜(T)/删除(D)/复制(C)/颜色(L)/材质(A)/放弃(U)/退出(X)] <退出>:

按 Enter 键结束编辑

实体编辑自动检查： SOLIDCHECK=1

输入实体编辑选项 [面(F)/边(E)/体(B)/放弃(U)/退出(X)] <退出>: 按 Enter 键退出

最后效果如图 7.52（b）和图 7.52（c）所示。

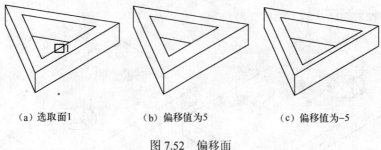

(a) 选取面 1　　　　　　(b) 偏移值为 5　　　　　　(c) 偏移值为 -5

图 7.52　偏移面

2. 倾斜面

该命令用于以指定的角度倾斜三维实体上的面。倾斜角的旋转方向由选择基点和第二点（沿选定矢量）的顺序决定。

用户可以通过以下 3 种方法来启用倾斜面命令。

① 命令：SOLIDEDIT

② 菜单：单击"修改/实体编辑/倾斜面"

③ 工具栏：单击"实体编辑"工具栏中的"倾斜面"按钮

命令及提示：

命令: _solidedit

实体编辑自动检查:　SOLIDCHECK=1

输入实体编辑选项 [面(F)/边(E)/体(B)/放弃(U)/退出(X)] <退出>: _face

输入面编辑选项

[拉伸(E)/移动(M)/旋转(R)/偏移(O)/倾斜(T)/删除(D)/复制(C)/颜色(L)/材质(A)/放弃(U)/退出(X)] <退出>:
_taper

选择面或 [放弃(U)/删除(R)]:　　选取面 1

选择面或 [放弃(U)/删除(R)/全部(ALL)]:　　按 Enter 键结束选择

指定基点:　　捕捉点 2

指定沿倾斜轴的另一个点:　　捕捉点 3

指定倾斜角度: 10

已开始实体校验

已完成实体校验

输入面编辑选项

[拉伸(E)/移动(M)/旋转(R)/偏移(O)/倾斜(T)/删除(D)/复制(C)/颜色(L)/材质(A)/放弃(U)/退出(X)] <退出>:
按 Enter 键结束

实体编辑自动检查:　SOLIDCHECK=1

输入实体编辑选项 [面(F)/边(E)/体(B)/放弃(U)/退出(X)] <退出>:　　按 Enter 键退出

最后效果如图 7.53 所示。

3. 旋转面

该命令可绕指定的轴旋转一个或多个面或实体的某些部分。可以通过旋转面来更改对象的形状。建议将此命令用于小幅调整。

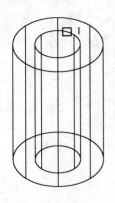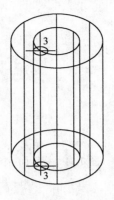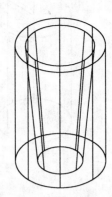

图 7.53　倾斜面

用户可以通过以下 3 种方法来启用旋转面命令。

① 命令：SOLIDEDIT

② 菜单：单击"修改/实体编辑/旋转面"

③ 工具栏：单击"实体编辑"工具栏中的"旋转面"按钮

命令及提示：

命令: _solidedit

实体编辑自动检查:　SOLIDCHECK=1

输入实体编辑选项 [面(F)/边(E)/体(B)/放弃(U)/退出(X)] <退出>: _face

输入面编辑选项

[拉伸(E)/移动(M)/旋转(R)/偏移(O)/倾斜(T)/删除(D)/复制(C)/颜色(L)/材质(A)/放弃(U)/退出(X)]<退出>:

_rotate

选择面或 [放弃(U)/删除(R)]:　　选择圆柱顶面

选择面或 [放弃(U)/删除(R)/全部(ALL)]:　　按 Enter 键结束选择

指定轴点或 [经过对象的轴(A)/视图(V)/X 轴(X)/Y 轴(Y)/Z 轴(Z)] <两点>:　按 Enter 键执行以两点

旋转

在旋转轴上指定第一个点:　　捕捉 A 点

在旋转轴上指定第二个点:　　捕捉 B 点

指定旋转角度或 [参照(R)]: 30

已开始实体校验

已完成实体校验

输入面编辑选项

[拉伸(E)/移动(M)/旋转(R)/偏移(O)/倾斜(T)/删除(D)/复制(C)/颜色(L)/材质(A)/放弃(U)/退出(X)]<退出>:

按 Enter 键结束旋转

实体编辑自动检查:　SOLIDCHECK=1

输入实体编辑选项 [面(F)/边(E)/体(B)/放弃(U)/退出(X)] <退出>:　　按 Enter 键退出

最后效果如图 7.54 所示。

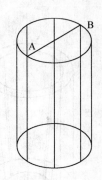 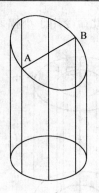

图 7.54　旋转面

7.5.7　删除面、着色面、复制面

1．删除面

该命令用于从实体对象中删除选定的面，包括圆角和倒角。

用户可以通过以下 3 种方法来启用删除面命令。

① 命令：SOLIDEDIT

② 菜单：单击"修改/实体编辑/删除面"

③ 工具栏：单击"实体编辑"工具栏中的"删除面"按钮

命令及提示：

```
命令：_solidedit

实体编辑自动检查：SOLIDCHECK=1

输入实体编辑选项 [面(F)/边(E)/体(B)/放弃(U)/退出(X)] <退出>：_face

输入面编辑选项

[拉伸(E)/移动(M)/旋转(R)/偏移(O)/倾斜(T)/删除(D)/复制(C)/颜色(L)/材质(A)/放弃(U)/退出(X)] <退出>：
_delete

选择面或 [放弃(U)/删除(R)]：　选取 A 面

选择面或 [放弃(U)/删除(R)/全部(ALL)]：　按 Enter 键结束面选择

已开始实体校验

已完成实体校验

输入面编辑选项

[拉伸(E)/移动(M)/旋转(R)/偏移(O)/倾斜(T)/删除(D)/复制(C)/颜色(L)/材质(A)/放弃(U)/退出(X)] <退出>：
　　按 Enter 键结束面编辑

实体编辑自动检查：SOLIDCHECK=1

输入实体编辑选项 [面(F)/边(E)/体(B)/放弃(U)/退出(X)] <退出>：　按 Enter 键退出
```

最后效果如图 7.55 所示。

2．复制面

该命令用于从实体对象中复制选定的面为面域或实体。复制面，也包括圆角和倒角。

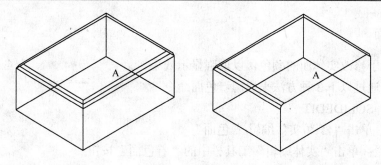

图 7.55 删除面

用户可以通过以下 3 种方法来启用复制面命令。

① 命令：SOLIDEDIT

② 菜单：单击"修改/实体编辑/复制面"

③ 工具栏：单击"实体编辑"工具栏中的"复制面"按钮

命令及提示：

命令: _solidedit

实体编辑自动检查：SOLIDCHECK=1

输入实体编辑选项 [面(F)/边(E)/体(B)/放弃(U)/退出(X)] <退出>: _face

输入面编辑选项

[拉伸(E)/移动(M)/旋转(R)/偏移(O)/倾斜(T)/删除(D)/复制(C)/颜色(L)/材质(A)/放弃(U)/退出(X)] <退出>:
_copy

选择面或 [放弃(U)/删除(R)]:   选择面 1

选择面或 [放弃(U)/删除(R)/全部(ALL)]:   按 Enter 键结束选择

指定基点或位移：   捕捉点 2

指定位移的第二点：   捕捉点 3

输入面编辑选项

[拉伸(E)/移动(M)/旋转(R)/偏移(O)/倾斜(T)/删除(D)/复制(C)/颜色(L)/材质(A)/放弃(U)/退出(X)] <退出>:
按 Enter 键退出面编辑

实体编辑自动检查：SOLIDCHECK=1

输入实体编辑选项 [面(F)/边(E)/体(B)/放弃(U)/退出(X)] <退出>:   按 Enter 键退出

最后效果如图 7.56 所示。

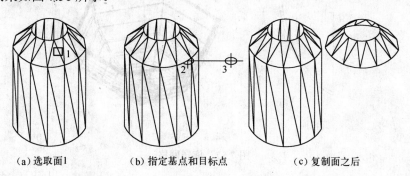

(a) 选取面1   (b) 指定基点和目标点   (c) 复制面之后

图 7.56 复制面

3. 着色面

该命令用于修改实体面的颜色，以增强显示效果。

用户可以通过以下 3 种方法来启用着色面命令

① 命令：SOLIDEDIT

② 菜单：单击"修改/实体编辑/着色面"

③ 工具栏：单击"实体编辑"工具栏中的"着色面"按钮

其操作方法与前面相似，因此不再重述。

7.6　网　　格

本节主要讲解网格图形的绘制，如旋转网格、平移网格、三维面和直纹网格等命令的应用。

7.6.1　旋转网格

此命令可通过围绕旋转轴旋转生成旋转曲面，旋转方向的分段数由系统变量 SURFTAB1 和 SURFTAB2 来控制，其值越大，显示的图形越光滑。

用户可以通过以下 2 种方法来启用旋转网格命令。

① 命令：REVSURF

② 菜单：单击"绘图/建模/网格/旋转网格"

命令及提示：

命令：_revsurf

当前线框密度：SURFTAB1=6　SURFTAB2=6

选择要旋转的对象：　　选取旋转轮廓

选择定义旋转轴的对象：　　选取直线作为旋转轴

指定起点角度 <0>:

指定包含角 (+=逆时针，-=顺时针) <360>:　　按 Enter 键

最后效果如图 7.57 所示。

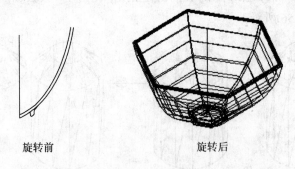

旋转前　　　　　　　　　　　旋转后

图 7.57　旋转网格

在图 7.57 中旋转出的网格图形看起来不太光滑，当我们将 SURFTAB1 和 SURFTAB2

的值都改为 20 后再执行"旋转网格"命令，其效果如图 7.58 所示。

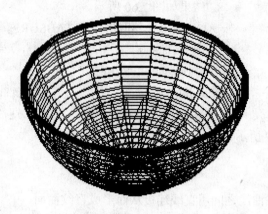

图 7.58 增加网格后的效果

7.6.2 平移网格

平移网格通常也称平移曲面，此命令可以将路径曲线沿方向矢量进行平移后构成曲面。平移曲面的分段数由 SURFTAB1 控制。

用户可以通过以下 2 种方法来启用平移网格命令。

① 命令：TABSURF

② 菜单：单击"绘图/建模/网格/平移网格"

用"平移网格"命令绘制如图 7.59 所示的图形的步骤如下。

① 使用多段线命令 PLINE 和直线命令 LINE 绘制如图 7.60 所示的轮廓曲线和方向矢量。

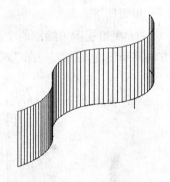

图 7.59 平移曲面

命令：_pline

指定起点：

当前线宽为 0.0000

指定下一个点或 [圆弧(A)/半宽(H)/长度(L)/放弃(U)/宽度(W)]: a

上一个方向与 UCS 不平行，使用 0

指定圆弧的端点或[角度(A)/圆心(CE)/方向(D)/半宽(H)/直线(L)/半径(R)/第二个点(S)/放弃(U)/宽度(W)]: d

指定圆弧的起点切向：

指定圆弧的端点: 100

指定圆弧的端点或[角度(A)/圆心(CE)/闭合(CL)/方向(D)/半宽(H)/直线(L)/半径(R)/第二个点(S)/放弃(U)/宽度(W)]: 100

指定圆弧的端点或[角度(A)/圆心(CE)/闭合(CL)/方向(D)/半宽(H)/直线(L)/半径(R)/第二个点(S)/放弃(U)/宽度(W)]: 100

指定圆弧的端点或[角度(A)/圆心(CE)/闭合(CL)/方向(D)/半宽(H)/直线(L)/半径(R)/第二个点(S)/放弃(U)/宽度(W)]:

图 7.60 平移网格前的效果

用直线命令绘制一条直线作为方向矢量。

结果如图 7.60 所示。

② 调用平移网格命令 TABSURF。

命令: _tabsurf

当前线框密度: SURFTAB1=20

选择用作轮廓曲线的对象: 选取轮廓曲线

选择用作方向矢量的对象: 选取方向矢量直线

最终效果如图 7.59 所示。

7.6.3 直纹网格

此命令可以在两条曲线之间用直线连接从而形成直纹曲面。

用户可以通过以下 2 种方法来启用直纹网格命令。

① 命令: RULESURF

② 菜单: 单击"绘图/建模/网格/直纹网格"

用"直纹曲面"命令绘制如图 7.61 所示的直纹曲面。

步骤如下。

① 在俯视图中绘制两个大小不等的同心圆,再切换到西南等轴测图,将小圆向 Z 轴正方向移动适当距离,如图 7.62 所示。

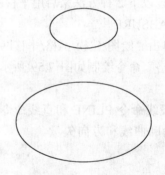

图 7.61 直纹网格效果   图 7.62 直纹网格用到的两个圆

② 执行直纹网格命令 RULESURF,命令行出现如下提示:

命令: _rulesurf

当前线框密度: SURFTAB1=20

选择第一条定义曲线: 选取大圆

选择第二条定义曲线: 选取小圆

③ 结果如图 7.61 所示。

7.6.4 边界网格

此命令是使用 4 条首尾相连的边创建三维多边形的网格。

用户可以通过以下 2 种方法来启用边界网格命令。

① 命令: EDGESURF

② 菜单：单击"绘图/建模/网格/边界网格"

用"边界网格"命令绘制如图 7.63 所示的图形。

其步骤如下。

① 用直线命令绘制如图 7.64 所示的首尾相连的边界。

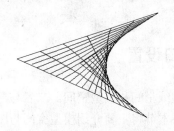

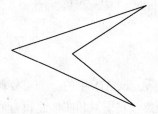

图 7.63 边界网格图形　　　　　　　图 7.64 边界网格所需的边界

② 执行边界网格命令 EDGESURF，命令行出现如下提示：

命令: _edgesurf

当前线框密度: SURFTAB1=20　SURFTAB2=6

选择用作曲面边界的对象 1:　　选取第一条边

选择用作曲面边界的对象 2:　　选取第二条边

选择用作曲面边界的对象 3:　　选取第三条边

选择用作曲面边界的对象 4:　　选取第四条边

③ 最后效果如图 7.63 所示。

7.6.5 三维面

三维面是三维空间的表面，它没有厚度，也没有质量属性。由三维面命令创建的的每个面的顶点最多不超过 4 个。如果构成面的 4 个顶点共面，消隐命令认为该面是不透明的可以消隐。反之，消隐命令对其无效。

用户可以通过以下 2 种方法来启用三维面命令。

① 命令：3DFACE

② 菜单：单击"绘图/建模/网格/三维面"

用三维面命令绘制如图 7.65 所示的图形（底面边长 50，高为 100）。

其步骤如下：

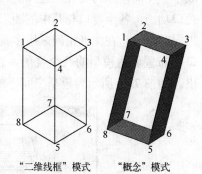

"二维线框"模式　　　"概念"模式

图 7.65 三维面

命令: _3dface

指定第一点或 [不可见(I)]:　　单击 1 点

指定第二点或 [不可见(I)]: 50　　打开正交或极轴模式定位第 2 点

指定第三点或 [不可见(I)] <退出>: 50　　打开正交或极轴模式定位第 3 点

指定第四点或 [不可见(I)] <创建三侧面>: 50　　打开正交或极轴模式定位第 4 点

指定第三点或 [不可见(I)] <退出>: 100　　打开正交或极轴模式定位第 5 点

指定第四点或 [不可见(I)] <创建三侧面>: 50　　打开正交或极轴模式定位第 6 点

指定第三点或 [不可见(I)] <退出>: 50	打开正交或极轴模式定位第 7 点
指定第四点或 [不可见(I)] <创建三侧面>: 50	打开正交或极轴模式定位第 8 点
指定第三点或 [不可见(I)] <退出>:	捕捉 1 点
指定第四点或 [不可见(I)] <创建三侧面>:	捕捉 2 点
指定第三点或 [不可见(I)] <退出>:	按 Enter 键退出

7.7　空间和视口设置

空间是 AutoCAD 中的一个重要概念，它包含图纸空间和模型空间。二者与三维绘图、多视口、视点（视图）和实体建模有着密切的关系。本节将主要介绍模型空间与图纸空间的概念与切换以及多视口的设置，视点的设置在 7.2 节讲过了，这里不再作介绍。

7.7.1　模型空间和图纸空间的概念

模型空间是指可以在其中建立二维和三维模型的三维空间，它是一种建模的工作环境。在这个空间中可以使用 AutoCAD 的全部绘图、编辑、显示命令，是为用户提供的主要工作空间。图纸空间通常也叫布局空间，它是一个二维空间，类似于用户绘图时的绘图纸。把模型空间中的二维和三维模型投影到图纸空间，用户可在图纸空间绘制模型的各个视图，并在图中标注尺寸和注写文字。

用户在模型空间工作是对二维和三维模型进行构造，可以采用多视口显示，但这只是为了方便绘图和观察图形。各视口的图形不能构成工程图中表示物体的视图。在输出图形时只能将当前活动视口中的图形输出，不能同时输出各视口中的图形。因此，只有模型空间完成不了空间模型与其视图之间的转换，而图纸空间恰好解决了这个问题。图纸空间也具有多视口功能，各个视口与其中的图形有直接关系，如果删除了某个视口的图框，其内部的图形也同时消失。在图纸空间采用多视口，其目的是便于进行图纸的合理布局。用户可以在多视口中布置表达模型的几个视图，在进行打印输出时，几个视口中的图形可以一次性全部输出。如图 7.66 所示为模型空间下的多个视口，图 7.67 所示为图纸空间下的多个视口。

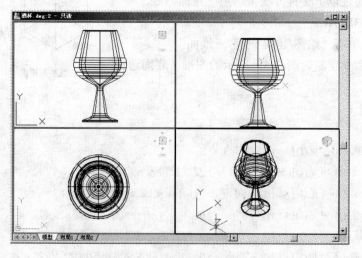

图 7.66　模型空间下的多个视口

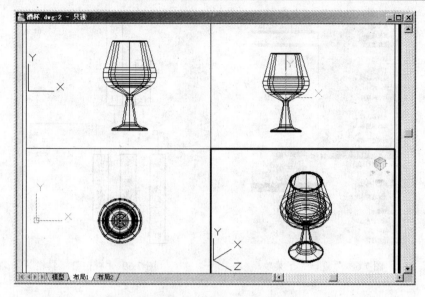

图 7.67 图纸空间下的多个视口

7.7.2 模型空间和图纸空间的切换

如果用户要在 AutoCAD 中切换模型空间与图纸空间，可以通过绘图区下面状态栏中的切换标签来实现。单击"模型"标签，即可进入模型空间；单击"布局"标签，则进入图纸空间。

在 AutoCAD 默认状态下，将进入模型空间。在绘图过程中，用户要进入图纸空间则需要进行一些布局参数的设置，具体操作内容如下：

① 鼠标右键单击"布局 1"或"布局 2"标签，在弹出的快捷菜单中选择"页面设置管理器"，打开"页面设置管理器"对话框；单击其中的"修改"按钮，打开"页面设置—布局1"对话框。

② 在"页面设置—布局 1"对话框中，可以根据自己和实际图形的需要，对图纸大小、打印比例和打印范围等参数进行设置。

7.7.3 多视口的设置

在默认状态下，AutoCAD 将整个绘图区作为一个视口，用户观察和绘制图形都是在视口中进行的。绘制三维图形时，常常需要把一个绘图区域分成几个视口，在各个视口中设置不同的视点（即视图），从而可以更加全面地观察物体。如图 7.66 所示的绘图区被分成了 4个视口。

用户可以通过以下 3 种方法来启用多视口命令。

① 命令：VPORTS

② 菜单：单击"视图/视口"子菜单（如图 7.68 所示）

③ 工具栏：单击"视口"工具栏中的相应按钮（如图 7.69 所示）

用户执行"视口"子菜单中的"命名视口"和"新建视口"命令，以及执行"视口"工具栏中的"视口"按钮，都会弹出如图 7.70 所示的"视口"对话框。

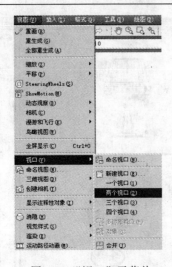

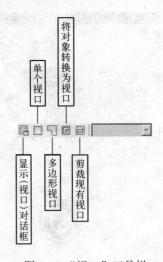

图 7.68 "视口"子菜单　　　　　　　　图 7.69 "视口"工具栏

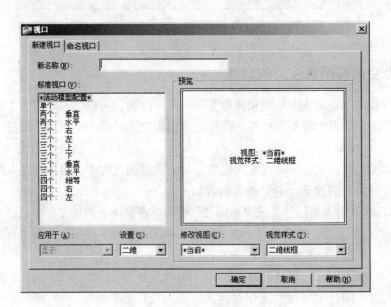

图 7.70 "视口"对话框

"视口"对话框中的"新建视口"选项卡各参数如下。

"新名称"文本栏：为选定视口命名。

"标准视口"列表框：列出了可供选择的视口配置，单击其中一种，便在"预览"框中显示出该种视口的配置形式。

设置：选择二维或三维模式。

视觉样式：可选"二维线框"、"三维线框"、"概念"和"真实"等不同显示模式。

7.8　三维渲染和显示

在 AutoCAD 中，使用 RENDER 命令可对场景或指定的三维对象进行渲染，在渲染过程中可以设置光源位置、光源类型、光源强度、渲染背景、实体对象使用的材质等。模型经渲染处理后，其表面将显示出明暗色彩和光照效果，形成了非常逼真的图像，如图 7.71 所示。

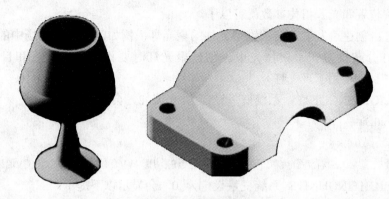

图 7.71　图形渲染效果

要对图形进行渲染或设置渲染选项，除了"视图/渲染菜单外，还可以通过"渲染"工具栏来完成。"渲染"子菜单和"渲染"工具栏分别如图 7.72 和图 7.73 所示。

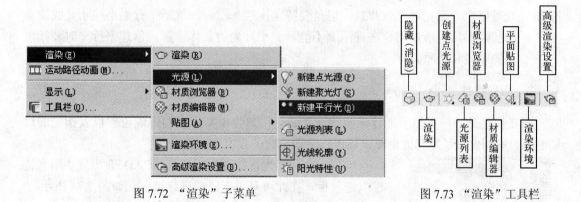

图 7.72　"渲染"子菜单 　　　　　　　　　　　　图 7.73　"渲染"工具栏

7.8.1　光源

在 AutoCAD 中，正确的光源设置对于着色三维模型和创建渲染非常重要。AutoCAD 为用户提供了默认光源、自定义光源和阳光等几类光源，其特性如下。

1．默认光源

默认情况下，AutoCAD 为视口提供了一个默认光源，又称环境光。默认光源来自两个平行光源，模型中所有的面均被照亮，以使其可见。在模型空间移动图形时，光源会根随视口移动。默认情况下，默认光源是打开的，但是一旦创建了自定义光源，系统会自动关闭默认光源。

2．自定义光源

要进一步控制光源，可以创建点光源、聚光灯和平行光以达到想要的效果。可以使用夹点工具移动或旋转光源，可以将其打开或关闭，或者更改其特性（例如颜色），更改的效果将立即显示在视口中。下面是几种自定义光源的特性。

● 点光源：从点光源所在的位置向四周发射光线，并随着距离的增加强度减弱，效果类似生活中的灯泡。通常用点光源获得基本照明效果。创建点光源时，只要指定光源放置位置和光源相关参数就可以了。

● 聚光灯：创建可发射定向圆锥形光柱的聚光灯，例如闪光灯、剧场中的跟踪聚光灯或前灯分布投射一个聚焦光束。创建聚光灯时要指定光源位置和目标照射位置（图 7.71 就使用了聚光灯）。

如果将 LIGHTINGUNITS 系统变量设定为 1 或 2，会显示以下提示：

命令：_pointlight

指定源位置 <0,0,0>：

输入要更改的选项 [名称(N)/强度因子(I)/状态(S)/光度(P)/阴影(W)/衰减(A)/过滤颜色(C)/退出(X)] <退出>：

如果将 LIGHTINGUNITS 系统变量设定为 0，会显示以下提示：

命令：_pointlight

指定源位置 <0,0,0>：

输入要更改的选项 [名称(N)/强度(I)/状态(S)/阴影(W)/衰减(A)/颜色(C)/退出(X)] <退出>：

● 平行光：与太阳发射的光线一样，随着距离的增加而强度不减弱。一般来说，平行光可以统一照亮对象或背景，但是要特别注意一点，那就是平行光不显示光线轮廓（光源符号），所以用户在视图上不能看到平行光的具体位置。创建平行光时要指定光源来向和光源去向。

3. 阳光特性

阳光特性是一种类似于平行光的特殊光源。用户为模型指定的地理位置以及指定的日期的当日时间定义了阳光的角度，还可以更改阳光的强度和颜色。

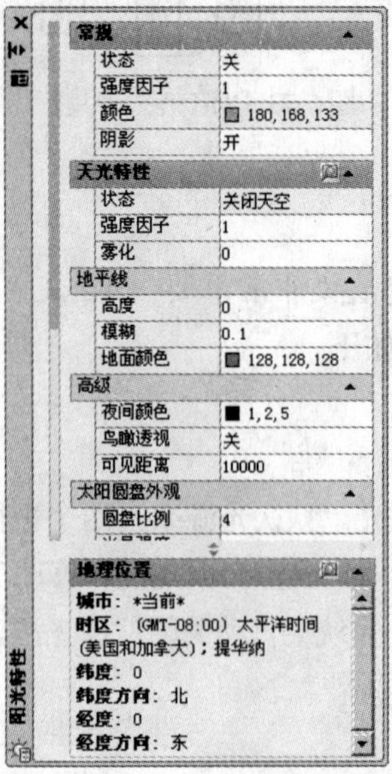

图 7.74 "阳光特性"选项板

当用户执行阳光特性命令后，AutoCAD 会出现"阳光特性"选项板，在此可对阳光属性进行设置，如图 7.74 所示。

用户可以通过以下 2 种方法来启用新建光源命令。

① 菜单："视图/渲染/光源"子菜单

② 工具栏："渲染/光源"按钮

命令及提示：

命令：_pointlight

指定源位置 <0,0,0>：

输入要更改的选项 [名称(N)/强度因子(I)/状态(S)/光度(P)/阴影(W)/衰减(A)/过滤颜色(C)/退出(X)] <退出>：

参数如下。

名称：指定光源名。名称中可以使用大小写字母、数字、空格、连字符（-）和下划线（_）。

强度因子：设定光源的强度或亮度。

状态：打开和关闭光源。

光度：光度是指测量可见光源的照度。当 LIGHTINGUNITS 系统变量设为 1 或 2 时，光度可用。

阴影：使光源投射阴影。

衰减：控制光线如何随距离增加而减弱。距离聚光灯越远，对象显得越暗。

过滤颜色：控制光源的颜色。

退出：退出命令。

 注意

将 LIGHTINGUNITS 系统变量设定为 1 或 2 时，"衰减"选项对光源创建没有任何影响。只是为了保持脚本兼容性才保留了此选项。

7.8.2　材质

渲染对象时，可以通过为图形对象赋予材质来改善渲染效果，如图 7.75 所示的木材效果。

为对象赋予材质步骤如下：

① 执行"视图/渲染/材质浏览器"命令，弹出如图 7.76 所示的"材质浏览器"选项板。

② 在"Autodesk 库"中选取材质类型为"木材"，在右边的"排序"列中选中自己需要的木材材质。

③ 选择好材质后，在"文档材质"窗口中就会显示出刚选取的材质。

④ 在其材质上单击鼠标右键，在弹出的快捷菜单中选择"选择要应用到的对象"命令，再在模型空间中选取要使用此材质的对象。

⑤最后执行渲染，其效果如图 7.75 所示。

图 7.75　"木材"材质效果

要对所选取的材质进一步编辑，可以在"文档材质"窗口中选中要编辑的材质，再双击鼠标左键会弹出"材质编辑器"选项板，用户可以在此对所选材质进行编辑，如图 7.77 所示。

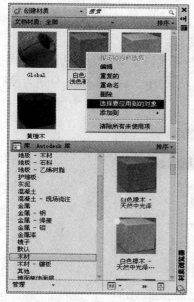

图 7.76　"材质浏览器"选项板

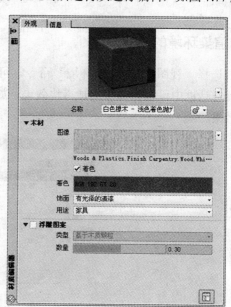

图 7.77　"材质编辑器"选项板

7.8.3 渲染视图

选择"视图/渲染/渲染"命令或直接执行 RENDER 命令，系统将开始渲染视图并打开渲染窗口，如图 7.78 所示。

在渲染窗口中，当用户选择"文件/保存"命令，可将渲染窗口中的图像存储为其他位图图像格式的文件。选择"工具/放大或缩小"命令，可以放大或缩小渲染图像。

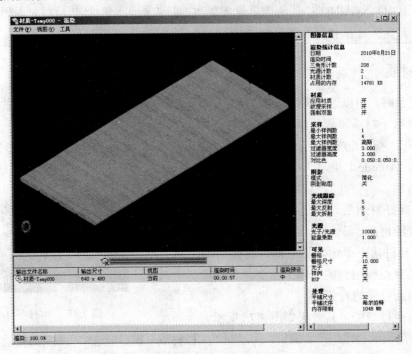

图 7.78 渲染视图

7.8.4 渲染环境的设置

通过选择"视图/渲染/渲染环境"命令，可以打开"渲染环境"对话框，如图 7.79 所示。在此对话框中可以为图像增加雾化效果，如图 7.80 中（a）和（b）分别为没有雾化和有雾化效果。

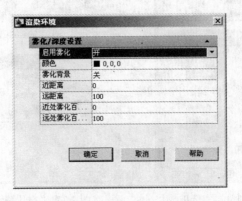

图 7.79 "渲染环境"对话框

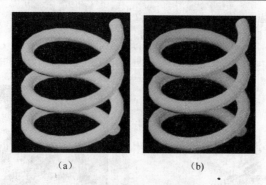

（a）　　　　　　　　　（b）

图 7.80　关闭或打开雾化效果

在"渲染环境"对话框中，各选项参数如下。

启用雾化：打开或关闭雾化效果。

颜色：设置雾化颜色。

雾化背景：打开或关闭雾化背景。

近距离：指定雾化开始处到相机的距离，该值不能大于远距离。

远距离：指定雾化结束处到相机的距离，该值不能小于近距离。

近处雾化百分比：近距离雾化的不透明度。

远处雾化百分比：远距离雾化的不透明度。

7.8.5　视觉样式

视觉样式的功能是控制图形对象的显示方式。

用户可以通过以下 3 种方法来启用该功能：

① 命令：VSCURRENT

② 菜单：单击"视图/视觉样式"（如图 7.81 所示）

③ 工具栏："视觉样式"工具栏（如图 7.82 所示）

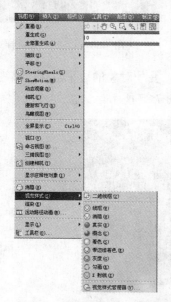

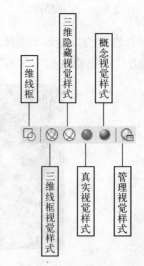

图 7.81　"视觉样式"子菜单　　　　　图 7.82　"视觉样式"工具栏

各种不同的视觉样式如下所示。

二维线框：显示用直线和曲线表示边界的对象，如图 7.83 所示。

三维线框：显示用三维直线和曲线表示边界的对象，如图 7.84 所示。

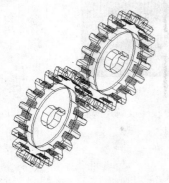
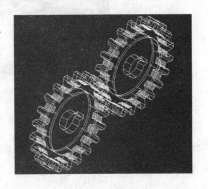

　　　　图 7.83　二维线框　　　　　　　　　　图 7.84　三维线框

三维隐藏：显示用三维线框表示的对象，同时作消隐处理，该命令与"消隐"相同，如图 7.85 所示。

真实：显示着色后的多边形平面间的对象，并使对象的边平滑化，同时显示已经附着到对象上的材质效果，如图 7.86 所示。

　　　　图 7.85　三维隐藏　　　　　　　　图 7.86　"真实"视觉样式

概念：显示着色后的多边形平面间的对象，并使对象的边平滑化，该视觉样式效果缺乏真实感，但是方便用户查看模型的细节，如图 7.87 所示。

图 7.87　"概念"视觉样式

7.9 示例——茶几

在本节中，主要是综合运用三维绘图命令和编辑命令绘制出如图 7.88 所示的三维茶几图形，从而达到举一反三的目的。

步骤如下：

① 在西南等轴测视图中绘制如图 7.89 所示的长方体作为茶几顶面，其长、宽、高分别为 100、60 和 5 个单位长度。

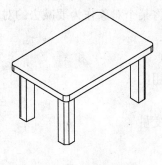

图 7.88 茶几

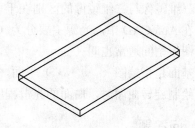

图 7.89 茶几顶面

② 同样在西南等轴测视图中绘制如图 7.90 所示的长方体作为茶几的腿，其长、宽、高分别为 10、10 和 50 个单位长度。

③ 使用移动命令✛，将茶几腿向 X 轴正方向和 Y 轴负方向各移动 5 个单位，再使用三维阵列命令▦完成其他三条腿的绘制，如图 7.91 所示。

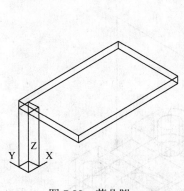

图 7.90 茶几腿

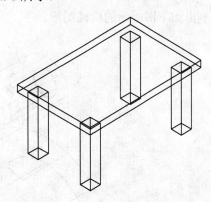

图 7.91 阵列茶几腿

④ 最后使用圆角边命令◉将茶几腿的外部以圆角半径为 3 进行圆角，将茶几面的四个角以圆角半径为 5 进行圆角处理，最后执行"视图"菜单下的"消隐"命令，效果如图 7.88 所示。

7.10 小 结

通过对本章知识点的学习可知，读者应该常握基本三维实体的绘制、三维实体的编辑

（如抽壳、剖切、拉伸面等）、三维网格的绘制和放样等命令的应用。

7.11 习　　题

7.11.1 填空题

1．通过拉伸创建实体时，可以沿 Z 轴（　　　　　）和（　　　　　）进行拉伸。

2．要使用扫掠方式创建实体时，必须指定（　　　　）和（　　　　）。

3．布尔运算中的（　　　　）功能，其最终效果与将某个对象作为要减去的对象有关。

4．三维镜像与二维镜像的区别在于（　　　　　　　　　　　　　　　）。

5．在 AutoCAD 中，光源主要分为（　　　　　）、（　　　　）和（　　　　　）3 种。

6．图纸空间通常也叫（　　　　　），类似于绘图用的（　　　　）。

7．基面是指绘图（　　　　）平面。

8．绘制旋转曲面时，曲面的光滑程度取决于系统变量（　　　　　）。

7.11.2 问答题

1．如何通过扫掠命令创建实体或曲面？

2．在对实体棱角作倒角处理时，需要指定哪些参数？

3．在执行拉伸命令时，倾斜角为正数和负数有什么区别？

7.11.3 操作题

绘制出如下图所示的机械图形。

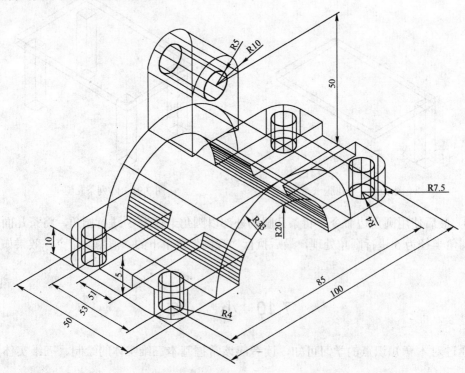

第8章 AutoCAD 2011 的其他功能

下图是一个凉亭的石桌石凳图形。从图中可以看出，在绘制该图形的过程中要用到直线、多段线、圆柱体、旋转和三维阵列等相关命令，这些命令在 AutoCAD 实际工作中是最常用的命令，所以读者一定要掌握这些命令的应用。

此图形的详细绘制步骤请参见配套练习册中第 7 章。

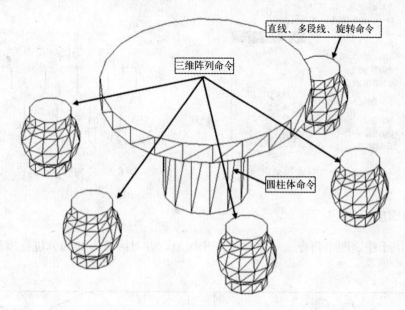

本章知识点

本章将主要介绍图形的缩放与平移、图形的打印输出、图形属性的查询等。

8.1 图形缩放和平移

8.1.1 图形缩放

在 AutoCAD 的绘图过程中，由于屏幕显示区域有限，难免会将绘制的图形置于显示区域之外，导致了观察不方便。AutoCAD 2011 有许多缩放命令用来改变视图，便于用户在不同角度观察图像。

用户可以通过以下 3 种方法来启用缩放命令。

① 命令：ZOOM
② 菜单：单击"视图/缩放"命令（如图 8.1 所示）
③ 工具栏：单击"缩放"工具栏中的按钮（如图 8.2 所示）

在命令行执行 ZOOM 命令后会出现以下提示。

命令: zoom
指定窗口的角点，输入比例因子 (nX 或 nXP)，或者
[全部(A)/中心(C)/动态(D)/范围(E)/上一个(P)/比例(S)/窗口(W)/对象(O)] <实时>:

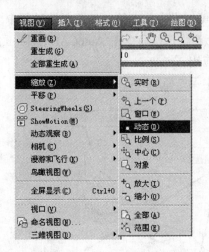

图 8.1　"缩放"菜单

图 8.2　"缩放"工具栏

1. 窗口缩放

此命令用于指定两个角点来定义一个矩形区域，并对区域内的部分进行缩放显示（如图 8.3 所示）。

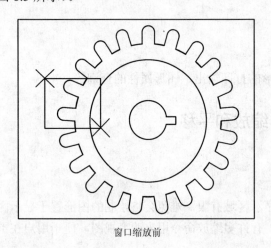

窗口缩放前　　　　　　　　　　窗口缩放后

图 8.3　窗口缩放效果

用户可以通过以下 3 种方法来启用窗口缩放命令。

① 命令：执行 ZOOM 后再输入 W

② 菜单：单击"视图/缩放/窗口"命令

③ 工具栏：单击"缩放"工具栏中的按钮

2．动态缩放

使用矩形视图框进行平移和缩放。视图框表示视图，可以更改它的大小，或在图形中移动。移动视图框或调整它的大小，将其中的视图平移或缩放，以充满整个视口（如图 8.4 所示）。

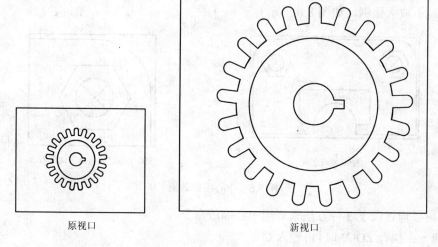

原视口　　　　　　　　　　　　　　　　新视口

图 8.4　动态缩放效果

用户可以通过以下 3 种方法来启用动态缩放命令。

① 命令：执行 ZOOM 后再输入 D
② 菜单：单击"视图/缩放/动态"命令
③ 工具栏：单击"缩放"工具栏中的按钮

3．比例缩放

使用比例因子缩放视图以更改其比例（如图 8.5 所示）。

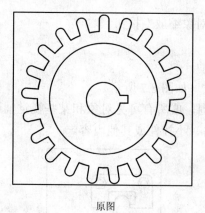
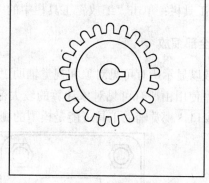

原图　　　　　　　　　　　　　　　以 0.5 的比例缩放

图 8.5　比例缩放效果

用户可以通过以下 3 种方法来启用比例缩放命令。

① 命令：执行 ZOOM 后再输入 S

② 菜单：单击"视图/缩放/比例"命令

③ 工具栏：单击"缩放"工具栏中的"比例缩放"按钮

4. 中心缩放

缩放以显示由中心点和比例值/高度所定义的视图。高度值较小时增加放大比例，高度值较大时减小放大比例（如图 8.6 所示）。

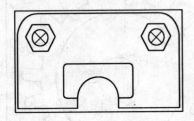 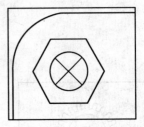

中心缩放之前　　　　　　　　　　　　　　中心缩放之后（放大比例增加）

图 8.6　中心缩放效果

用户可以通过以下 3 种方法来启用中心缩放命令。

① 命令：执行 ZOOM 后再输入 C

② 菜单：单击"视图/缩放/中心"命令

③ 工具栏：单击"缩放"工具栏中的"中心缩放"按钮

5. 对象缩放

缩放以便尽可能大地显示一个或多个选定的对象并使其位于视图的中心。可以在启动 ZOOM 命令前后选择对象。

用户可以通过以下 3 种方法来启用对象缩放命令。

① 命令：执行 ZOOM 后再输入 O

② 菜单：单击"视图/缩放/对象"命令

③ 工具栏：单击"缩放"工具栏中的"对象缩放"按钮

6. 全部缩放

缩放以显示所有可见对象和视觉辅助工具（如图 8.7 所示）。

模型使用由所有可见对象计算的较大范围，或所有可见对象和某些视觉辅助工具的范围填充窗口。视觉辅助工具可能是模型的栅格、小控件或其他内容。

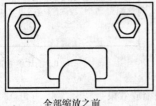 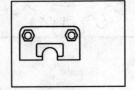

全部缩放之前　　　　　　　　　　　全部缩放之后

图 8.7　全部缩放效果

用户可以通过以下 3 种方法来启用全部缩放命令。

① 命令：执行 ZOOM 后再输入 A

② 菜单：单击"视图/缩放/全部"命令

③ 工具栏：单击"缩放"工具栏中的"全部缩放"按钮

7. 范围缩放

缩放以显示所有对象的最大范围（如图 8.8 所示）。

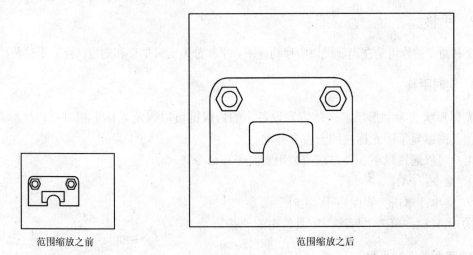

范围缩放之前　　　　　　　　　　　　　　范围缩放之后

图 8.8　范围缩放效果

用户可以通过以下 3 种方法来启用范围缩放命令。

① 命令：执行 ZOOM 后再输入 E

② 菜单：单击"视图/缩放/范围"命令

③ 工具栏：单击"缩放"工具栏中的"范围缩放"按钮

8. 上一个

缩放显示上一个视图。最多可恢复此前的 10 个视图（如图 8.9 所示）。

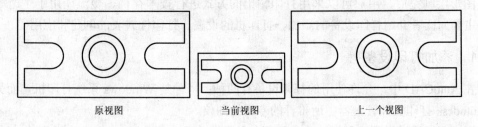

原视图　　　　　　　　　当前视图　　　　　　　　上一个视图

图 8.9　恢复到"上一个"视图效果

用户可以通过以下 3 种方法来启用上一个缩放命令。

① 命令：执行 ZOOM 后再输入 P

② 菜单：单击"视图/缩放/上一个"命令

③ 工具栏：单击"标准"工具栏中的 按钮

9. 实时缩放

交互缩放以更改视图的比例。

用户可以通过以下 3 种方法来启用实时缩放命令。

① 命令：执行 ZOOM 后直接按 Enter 键

② 菜单：单击"视图/缩放/实时"命令

③ 工具栏：单击"标准"工具栏中的 ◌ 按钮

8.1.2　平移

平移命令的作用是在当前视口中移动视图。平移分为实时平移和定点（点）平移两种。

1. 实时平移

光标形状变为手形 ◌。按住定点设备上的拾取键可以锁定光标于相对视口坐标系的当前位置。图形显示随光标向同一方向移动。

用户可以通过以下 3 种方法来启用实时平移命令。

① 命令：PAN

② 菜单：单击"视图/平移/实时"命令

③ 工具栏：单击"标准"工具栏中的 ◌ 按钮

2. 定点（点）平移

通过指定基点的方式进行位移。

用户可以通过以下 2 种方法来启用点平移命令。

① 命令：-PAN

② 菜单：单击"视图/平移/点"命令

8.2　图形的输出

图形绘制完后，用户可以采用打印输出的方式进行技术存档、交流或用于生产等。本节将主要向读者介绍打印设备的添加、打印机的设置、打印样式表的创建和应用等。

8.2.1　添加打印设备

在 AutoCAD 中，允许使用的打印设备有两种：一种是 Windows 系统打印机，而另一种是 Autodesk 打印文件管理器中所推荐的专用绘图仪。

用户可以通过以下 4 种方法来启用添加绘图仪命令。

① 命令：PLOTTERMANAGER

② 菜单：单击"文件/绘图仪管理器/添加绘图仪向导"

③ 菜单：单击"工具/向导/添加绘图仪"

④ 菜单：单击"工具/选项/打印和发布/添加或配置绘图仪/添加绘图仪向导"

当用户执行以上命令后，将打开"添加绘图仪—简介"对话框，如图 8.10 所示。

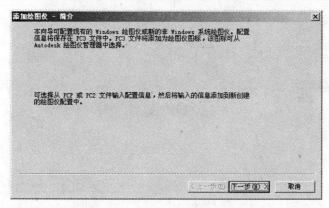

图 8.10　"添加绘图仪—简介"对话框

在弹出的"添加绘图仪—简介"对话框中单击"下一步"按钮，弹出"添加绘图仪—开始"对话框，如图 8.11 所示。

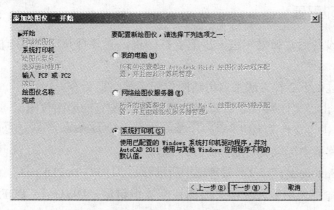

图 8.11　"添加绘图仪—开始"对话框

在"添加绘图仪—开始"对话框中选择 系统打印机(S) ，单击"下一步"按钮，弹出"添加绘图仪—系统打印机"对话框，如图 8.12 所示。

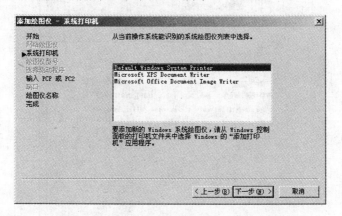

图 8.12　"添加绘图仪—系统打印机"对话框

在"添加绘图仪—系统打印机"对话框中选中"Default Windows System Printer"项，单击"下一步"按钮，出现"添加绘图仪—完成"对话框，如图 8.13 所示。

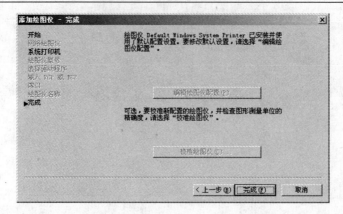

图 8.13 "添加绘图仪—完成"对话框

单击"完成"按钮，绘图仪添加完毕。

8.2.2 设置打印配置

添加完打印设备后，如果想进一步配置打印机，就要打开这个打印机的"绘图仪配置编辑器"对话框。

用户可以通过以下 2 种方法来启用绘图仪配置编辑器命令。

① 菜单：单击"文件/绘图仪管理器"/双击所需配置的绘图仪图标

② 菜单：单击"文件/打印"/ 中的"特性"
按钮（在名称框中选取所要配置的打印机）。

例如：要对 Autodesk 打印文件管理器中所推荐的"DWG To PDF.pc3"绘图仪进行配置。

绘图仪配置命令调用后会弹出"绘图仪配置编辑器—DWG To PDF.pc3"对话框，如图 8.14 所示。

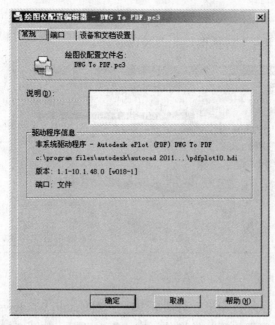

图 8.14 "绘图仪配置编辑器—DWG To PDF.pc3"对话框

　　绘图仪配置编辑器对话框包含"常规"、"端口"、"设备和文档设置" 3 个选项卡，其含义如下。

　　"常规"选项卡：绘图仪配置文件 DWG To PDF.pc3 的基本信息。

　　"端口"选项卡：可选择打印机与计算机之间的通信设置，可以选择"通过端口打印"、"打印到文件"、"使用后台打印"。

　　"设备和文档设置"选项卡：它包含了以下 4 项，如图 8.15 所示。

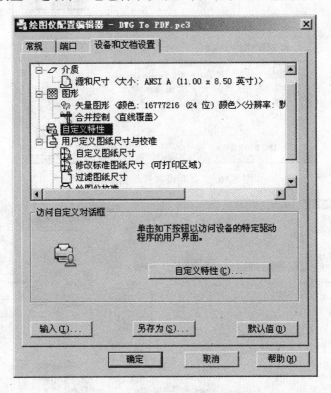

图 8.15 "设备和文档设置"选项卡

- 介质：确定纸张类型和大小。
- 图形：设置是矢量图形还是合并控制。
- 自定义特性：设置图形的分辨率等。
- 用户定义图纸尺寸与校准：自定义图纸尺寸和修改标准图纸尺寸的可打印范围。

8.2.3　页面设置

　　在打印图形之前，也要对页面进行设置，要进行页面设置就要打开页面设置管理器。

　　用户可以通过以下 2 种方法来启用页面设置管理器命令。

　　① 命令：PAGESETUP

　　② 菜单：单击"文件/页面设置管理器"命令

　　执行以上操作后，弹出"页面设置管理器"对话框，如图 8.16 所示。

　　在"页面设置管理器"对话框中选中某种页面设置（如设置 1），单击"修改"按钮，将弹出"页面设置—设置 1"对话框，如图 8.17 所示。

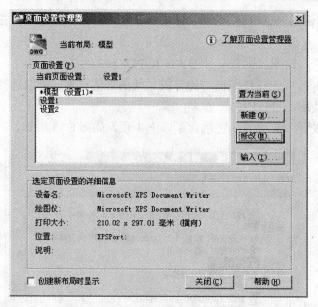

图 8.16 "页面设置管理器"对话框

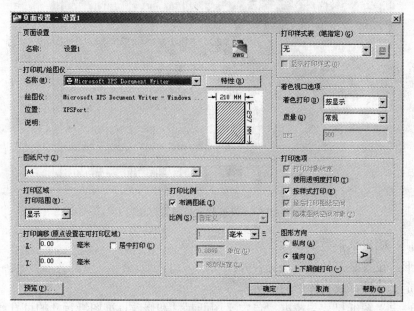

图 8.17 "页面设置—设置 1"对话框

在"页面设置—设置 1"对话框中，各选项区作用如下。

① 页面设置：显示了当前页面设置的名称。

② 打印 / 绘图仪：选择打印设备及对其进行设置。

③ 图纸尺寸：选择打印图纸的图幅规格。

④ 打印区域：指定打印的内容，单击右侧的下拉三角形图标 ■，弹出多个选项，其含义如下。

● 显示：模型空间绘图区的全部内容。

● 范围：当前空间内的所有几何图形都将被打印。打印之前，可能会重新生成图形以重新计算范围。

● 图形界限：打印布局时，将打印指定图纸尺寸的可打印区域内的所有内容，其原点从布局中的 0,0 点计算得出。从"模型"选项卡打印时，将打印栅格界限定义的整个绘图区域。如果当前视口不显示平面视图，该选项与"范围"选项效果相同。

● 窗口：打印指定的图形部分。如果选择"窗口"，"窗口"按钮将成为可用按钮。单击"窗口"按钮以使用定点设备指定要打印区域的两个角点，或输入坐标值。

　　■ 指定第一个角点: 指定点。

　　■ 指定另一个角点: 指定点。

⑤ 打印偏移：设置打印内容在可打印区域的 X 和 Y 方向上的偏移量。

⑥ 打印样式表：选择所要的打印样式。

⑦ 着色视口选项：指定着色和渲染视口的打印方式，并确定它们的分辨率大小和每英寸点数。

⑧ 打印比例：控制图形单位与打印单位之间的相对尺寸。打印布局时，默认缩放比例设置为 1:1。从"模型"选项卡打印时，默认设置为"布满图纸"。

⑨ 打印选项：指定线宽、透明度、打印样式、着色打印和对象的打印次序等选项。

⑩ 图形方向：为支持纵向或横向的绘图仪指定图形在图纸上的打印方向。图纸图标代表所选图纸的介质方向。字母图标代表图形在图纸上的方向。

8.2.4　打印样式表的创建

打印样式表可以使 AutoCAD 的打印具有丰富多彩的打印效果，用于修改打印图形的外观，包括对象的颜色、线型和线宽等，也可指定端点、连接和填充样式，以及灰度、抖动和淡显等输出。打印样式表的类型分为"颜色相关打印样式表（.ctb）"和"命名打印样式表（stb）"两种，均存储在 AutoCAD 安装目录下的"Plot styles"文件夹中。

用户可以通过以下 3 种方法来启用创建打印样式表命令。

① 命令：STYLESMANAGER

② 菜单：单击"文件/打印样式管理器/添加打印样式表向导"

③ 菜单：单击"工具/向导/添加打印样式表向导"

执行命令后，弹出"添加打印样式表"对话框，如图 8.18 所示。

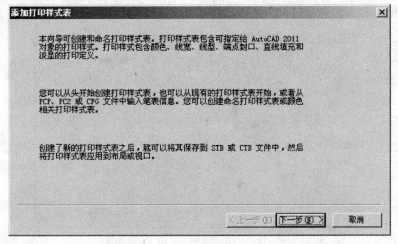

图 8.18　"添加打印样式表"对话框

单击"下一步"按钮，弹出"添加打印样式表—开始"对话框，如图 8.19 所示。

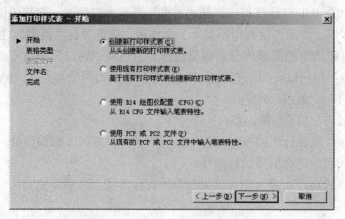

图 8.19　"添加打印样式表—开始"对话框

选择 ⊙ 创建新打印样式表(S) 单选框，单击"下一步"按钮，弹出"添加打印样式表—选择打印样式表"对话框，如图 8.20 所示。

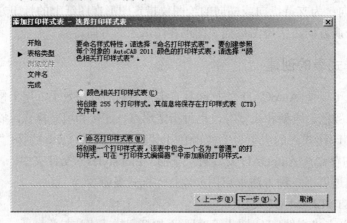

图 8.20　"添加打印样式表—选择打印样式表"对话框

选择 ⊙ 命名打印样式表(M) 单选框，单击"下一步"按钮，弹出"添加打印样式表—文件名"对话框，在文件名编辑框中输入"样式表 1"，如图 8.21 所示。

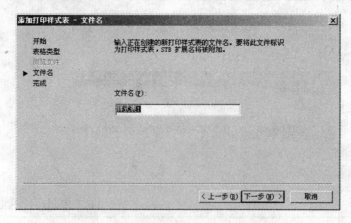

图 8.21　"添加打印样式表—文件名"对话框

在"添加打印样式表—文件名"对话框中单击"下一步"按钮，弹出"添加打印样式表—完成"对话框，如图 8.22 所示，单击 打印样式表编辑器(S)… 按钮对创建的样式进行编辑，编辑完成后，单击"确定"按钮，一个名为"样式表 1"的打印样式表就创建成功了。

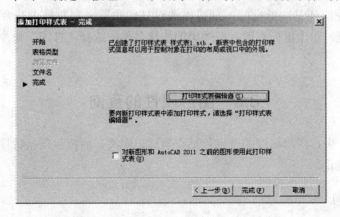

图 8.22 "添加打印样式表—完成"对话框

8.2.5　打印样式表的应用

要应用创建的打印样式表，就要在打印时从样式表的列表中选择它，由于一个图形文件只能使用"颜色相关打印样式表"和"命名打印样式表"中的一种，我们以使用"样式表 1"为例，就要先把命名打印样式表设置在打印样式列表中，操作步骤如下。

① 用"无样板打开—公制"新建一个空白文件。

② 执行菜单"工具/选项/打印和发布/打印样式表设置"命令，弹出如图 8.23 所示的"打印样式表设置"对话框。

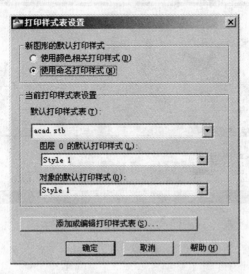

图 8.23 "打印样式表设置"对话框

③ 在"打印样式表设置"对话框中选择 使用命名打印样式(N) 单选框，单击"确定"按钮，返回"选项"对话框，再单击"确定"按钮。这样就把"命名打印样式"设置为新建图形文件可用的。如果要使用"样式表 1"进行打印时，"样式表 1"就会出现在"打印—模

型"对话框中的"打印样式表"下拉列表中，如图 8.23 所示。

8.2.6 打印输出

不管在模型空间还是图纸空间，都可以通过打印预览来判断是否符合要求，如果符合要求，在打印预览时单击鼠标右键，在弹出的快捷菜单中选择"打印"命令，即可完成图形的打印输出。

8.3 图形属性的查询

在 AutoCAD 中，图形属性的查询包括点坐标、距离、面积和质量特性等，本节主要介绍距离和面积的查询。

8.3.1 距离查询

距离查询命令用于计算空间中任意两点之间的距离和角度。

用户可以通过以下 3 种方法来启用距离查询命令。

① 命令：DIST（DI）

② 菜单：单击"工具/查询/距离"

③ 工具栏：单击"查询"/🖦

如图 8.24 所示，求直线 A 点到 B 点的距离和角度，其结果显示在文本框中。

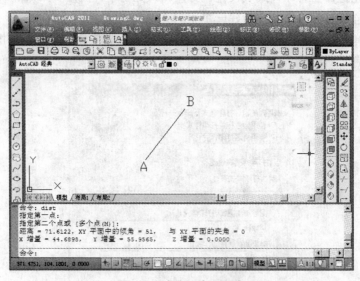

图 8.24　查询距离和角度

8.3.2 面积查询

面积查询命令用于查询一系列指定点的面积和周长，或计算多种对象的面积和周长，还可以使用加模式和减模式来计算组合面积和周长。

用户可以通过以下 2 种方法来启用面积查询命令。

① 命令：AREA（AA）

② 菜单：单击"工具/查询/面积"

计算图 8.25 中阴影部分面积的步骤如下。

图 8.25　查询面积和周长

命令: area

指定第一个角点或 [对象(O)/增加面积(A)/减少面积(S)] <对象(O)>: a

指定第一个角点或 [对象(O)/减少面积(S)]: o

("加"模式) 选择对象：　选取矩形

区域 = 5000.0000，周长 = 300.0000

总面积 = 5000.0000

("加"模式) 选择对象：　按 Enter 键结束加模式选择

区域 = 5000.0000，周长 = 300.0000

总面积 = 5000.0000

指定第一个角点或 [对象(O)/减少面积(S)]: s

指定第一个角点或 [对象(O)/增加面积(A)]: o

("减"模式) 选择对象：　选取圆

区域 = 1256.6371，圆周长 = 125.6637

总面积 = 3743.3629

("减"模式) 选择对象：　按 Enter 键结束减模式选择

区域 = 1256.6371，圆周长 = 125.6637

总面积 = 3743.3629

指定第一个角点或 [对象(O)/增加面积(A)]:

总面积 = 3743.3629

8.4　示例——查询面积和周长（图 8.26）

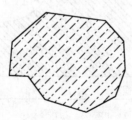

图 8.26　查询面积和周长

命令: area
指定第一个角点或 [对象(O)/增加面积(A)/减少面积(S)] <对象(O)>: o
选择对象:　选择多边形
区域 = 1811.3054，周长 = 161.4808

注意

　　本例的多边形是由多段线命令绘制的，可以通过对象方式选取。如果是直线命令绘制的则要依次指定每一个角点才可以进行计算。

8.5　小　　结

　　通过对本章内容的了解和学习，读者应该掌握图形的缩放与平移、图形打印前的相关设置和图形属性的查询等。

8.6　习　　题

8.6.1　填空题

1. 图形缩放和平移的主要目的是便于用户从（　　　　　）观察图形。
2. 在 AutoCAD 中，打印设备有（　　　　）和（　　　　）两种。
3. "页面设置"对话框中的图纸尺寸是选择打印图纸的（　　　　　）。
4. 在 AutoCAD 中，打印样式表分为（　　　　）和（　　　　）两种。
5. 图形属性的查询包括（　　　　）、（　　　　）和（　　　　）等。

8.6.2　操作题

绘制图形，并求出阴影部分的面积。

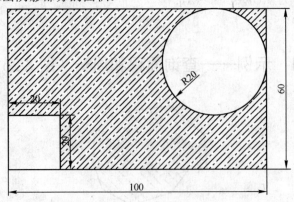